『韓國文學碑』搨本集을 내면서

사람은 언제부턴가 돌을 쌓고, 돌을 세우고, 그 돌에 상象과 그림과 글을 새겼다. 이를 탑과 비碑라 한다. 유한한 생명을 가진 사람이 하늘의 나라, 미래의 나라를 동경하는 본능적·신앙적인 표현이었다. 때문에 이 탑과 비에 새긴 한마디는 하늘로 보내는 염원이었고, 후세에 남기고 싶은 메시지였던 것이다. 이 한마디를 쇠붙이에 새긴 것을 금문金文, 돌에 새긴 것을 석문石文이라 하는데, 이 둘을 합해 금석문이라 한다.

내가 전국에 있는 문학비를 찾아 소재를 밝히고, 사진을 찍고, 탁본을 하고, 비문을 베낀 지가 수십 년이 되었다. 처음에는 취미로 시작했지만 『한국문학비』 제1집(1978) 「후기」에서 밝힌 바와 같이 "요리조리 신경 써가면서 처세를 해야 하는 고약한 문학풍토에서 초연"하고자 문학비를 답사하기 시작했다. 70년대의 우리 문단은 소위 문단정치로 휘둘리고 있었다. 한국문인협회 이사장 선거에서 몇 사람이 세대교체를 주장하며 김동리를 업는다. 그리고 월탄月灘 박종화朴鍾和 이사장을 몰아낸다. 조연현趙演鉉은 "어른이 물러날 틈을 마련할 때까지 기다려야지, 표로 몰아내는 일은 우리 문인의 덕목이 아니다"라고 몰아쳤다. 조연현은 이 기세를 몰아 재선을 노리는 김동리 이사장과 맞서게 된다. 이때 미당未堂 서정주徐廷柱와 황순원黃順元은, "이번 문인협회총회에서 조연현 씨가 이사장으로 피선되는 것이 문협의 장래를 위하여 좋다"는 편지를 문인들에게 보낸다. 그

결과 근소한 표 차로 조연현이 이긴다. 결국 이 편지는 우리의 문단을 사분오열시키고 동리와 미당은 40년의 우정을 깬다. 나는 이 두 분 사이에 끼어 어려움을 겪게 된다. 그 탈출구는 바로 주말이면 한국문학비의 답사와 등산을 본격적으로 시작한 것이었다.

한편 이 두 분의 화해와 만남을 주선하는 데 근 3년이 걸린 것 같다. 두 분이 갈라설 수 없었던 이유 중 하나가, 서라벌예술대학 문예창작과를 향한 애정과 무관하지 않다고 보아진다.

문학비 · 문인비 그리고 시비는 무엇인가? 국어대사전에도 빠져 있는 문학비 · 문인비 그리고 시비는, 문인을 기리기 위해 그 문인의 고향 또는 연고지에 세운 비를 말한다. 나는 시를 새긴 시비, 소설 및 평론의 한 구절을 새긴 사비詞碑, 동시를 새긴 동시비, 민요를 새긴 민요비와 고전시비, 고전사비 등으로 나누었다. 문학비는 비석거리에 세운 선정비善政碑 · 불망비不忘碑와 다르다. 선정비와 불망비는 세운 뜻과 달리 세월과 함께 잊혀져버린다. 그러나 문학비는 세운 후 오히려 만인을 감동시키고 기쁨을 주는 명비가 된다. 명비의 조건은 다음과 같다.

첫째, 비문은 명시 또는 명문이어야 한다. 둘째, 그 명시와 명문은 비주의 글씨로 새겨야 한다. 그것이 어려우면 육필을 확대하거나 집자集字해야 한다. 그것도 안 되면 다른 사람의 글씨를 받는다. 셋째, 조형물은 예술적 감각과 스타일이 독창적이어야 한다. 넷째, 비주에게 친근감을 느낄 수 있는 환경을 만들어 시민의 정서를 순화시켜야 한다. 다섯째, 탁본으로서의 예술적 가치가 있는 명필이어야 한다.

한국문학비 중 최초의 시비와 명비는 다음과 같다. 한국 최초의 시비는 상화尙火 이상화李相和 시비다. 김소운金素雲이 발의하고 죽순동인 및 시단의 협조로 1948년 5월 14일 대구 달성공원에 세웠다. 비양碑陽 오른쪽에서 왼쪽으로 쓴 제첨題簽과 낙관이 있다. 그 아래쪽에는 시 「나의 침실로」의 11연이 세로로 음각되어 있다. 제첨의 글씨는 3 · 1독립운동 33인의 한 사람인 오세창吳世昌이 84세 때 쓴 글씨이고, 시의 글씨는 상화의 셋째 아들 태희가 열한 살 때 쓴 글씨다. 비음碑陰에는 김소운이 지은 상화의 일대기가 새겨

져 있다. 글씨는 서동균의 글씨다. 돌은 충청북도에서 캔 질 좋은 오석이다. 김소월金素
月 시비는 서울의 남산 소월로에 있다. 한국문학비 가운데 명비의 하나다. 소월 시비는
1968년 4월 13일「한국 신시 60년」을 기념하는 사업의 일환으로 한국일보사에서 세웠다.
장기영 사장의 "남산 허리에 새긴 이 돌 하나가 불우했던 민족시인의 명복을 빌고 회갑
을 맞는 한국시의 앞날에 굄돌이 되기를 바란다"는 축사에 이어, 서정주 시인의 축시를
영화배우 최은희가 낭송했다.

비양에는 민족의 애송시「산유화」의 전문이 새겨져 있고, 글씨는 일중一中 김충현金忠
顯이 썼다. 여류 조각가 김정숙 교수가 만든 작품이다. 그는 소월 시의 민요적 형식, 한국
적 정한, 토속미를 살려 "모던한 느낌이 들거나 작위적인 것이 두드러진 것은 버리고 자
연석을 그대로 살렸다"고 말한다. 돌은 종암동 돌산에서 캔 화강석이다. 공초空超 오상
순吳相淳 시비는, 구상具常이 발기하여 1964년 6월 6일 수유동 빨래골에 세웠다. 비양에
는 시「방랑의 마음」의 1연이, 비음에는 그의 외로운 일대기가 짤막하게 음각되어 있다.
글씨는 낙관에 대한 책임 때문에 타작은 쓰지 않는다는 여초如初 김응현金膺顯이 썼다.
「산실의 대화」(조선일보, 1976.11.3)에서 그동안 쓴 글 "셋 중의 하나"라고 할 만큼 명필
이다. 조형물은 화가 박고석朴古石의 도안이다.

탑본搨本은 당대唐代에는 타본打本 또는 탑본이라 하였고, 송대宋代에는 탁본이라 하
였다.

오랫동안 보관하던 탁본을 꺼냈다. 쓸 만한 작품도 있고 그렇지 못한 작품도 많았다.
그간 망설이다가 액자, 족자 또는 사진으로 보관하던 작품 중에서『한국문학비 탑본집』
을 엮기로 했다. 이제 정리를 하지 않으면 버려질 것 같아서 서두르게 되었다. 그리고
『한국문학비』제1집(1978)의 서문이 생각나 한 대목을 옮긴다. 그 서문은 스승 미당未堂
의 글이다.

살아 있는 우리뿐만 아니라, 저승의 우리 외로운 혼백들과 천지의 심금을 가즈런히 두

루 울리는 넌즛하고도 두두룩한 처사로 안다. 사람들은 무슨 일을 함에 목전의 이익에만 급급하는 나머지, 이런 지묘한 일에는 흔히 수족을 쓸 줄 모르게 되어 있기가 예사인데, 함 교수와 같은 굵은 정을 가진 선비가 있어 이런 일까지 이룩해 놓았으니, 이는 우리 민족의 복이라 하지 않을 수 없다.

그동안 사재를 털어 『한국문학비』 제1집, 제2집, 제3집을 냈다. 그것의 답사기인 『명시의 고향』도 냈다. 그간 어렵고 힘든 일도 많았는데 스승의 말씀을 옮기고 나니, 모든 보상을 받은 것 같아 홀가분하다.

끝으로 이 말은 남겨야겠다. 그동안 문학비가 문단과 사회의 관심 속에 세워져 이 방면에 관심을 두고 개척한 사람으로서 여간 기쁘지 않다. 그런데 요즈음 살아 있는 문인들 문학비가 세워지고 있다. 문학비는 작가·시인이 죽은 후 그를 기리기 위해 후학들이 세우는 것이다. 이에 대해 나는 『시문학』과 『월간문학』 권두언뿐만 아니라 기타 잡지에서 말한 바 있다.

살아 있는 사람에게는 칭송할 방법이 여럿 있다. 직접 만나서 인사해도 되고, 전화를 해도 되며, 편지를 써도 된다. 그런데 생전에 문학비를 세울 일이 무엇인가. 모든 것이 급박하게 돌아가는 이 시대에 우리 문인이라도 조금은 더 천천히 갈 일이 아닌가.

'韓國文學碑' 제자題字는 여초如初 김응현金膺顯의 글씨다. 그리고 '搨本集' 글씨는 노정魯丁 박상찬朴商賛의 글씨다. 얼음이 풀리면 『한국문학비』 제4집 준비를 서둘러야겠다.

2019년 2월

散木 咸東鮮

동요비童謠碑

고전시비古典詩碑

탑본과 비문

崔南善　詞碑

최남선 崔南善 詞碑

소재 서울특별시 강북구 우이동
연시 1959년 10월 10일

■ 碑 陽

六堂 崔南善紀念碑

最近七十年間韓國의걸어온길은매우險難하고複雜하였다六堂崔南善先生은正히이거치른 屈曲線上에서一生을보낸분으로西紀一八九〇年四月二十六日서울에서出生하여一九五七年 十月十日六十八歲로逝去하셨다先生은어려서부터聰明과氣槪가絕倫하고好學또能文하였다 少年留學生으로日本에건너가早稻田大學에서修學하다가時事에憤慨한바있어中途에돌아왔 다時局의變遷과新思潮의呼吸은그의情熱을激昻하여十八歲少年으로新文館을創設하고雜誌 少年과그밖에各種新舊書籍을出版하는等新文化啓蒙과新文學運動특히言文一致의先驅가되 시었다庚戌國恥後에는日帝의强壓과싸워가며이事業을繼續하는한편民族文化의發揚을爲하 여朝鮮光文會를新設하고尨大한計劃下에古典의刊行과其他編纂에從事하니時年이二十一歲 라國內의碩學과珍書가여기에集中되었으니실로우리文化史上에特書할일이었다또三一運動 에先生의執筆하신獨立宣言書는民族의正氣를吐露하고東亞의大勢를洞觀한大文字이다이運 動으로하여圇圄三年의苦를겪은後週刊誌東明과日刊紙時代日報를前後經營하여民族의心魂 을깨우친바자못컸었다그後先生은書齋로돌아와檀君問題를中心으로古代信仰과民俗硏究에 潛心하는한편時調體를빌어心懷를읊조리시고때로聖地舊蹟을찾아禮讚과硏磨를새롭게하였 으니이즈음의所作인兒時朝鮮百八煩惱白頭山觀參記等은모두先生의朝鮮心發揚의名著이었다一九二九年利原의新羅眞興王碑를發見한것도先生이거니와新碑와從來三碑에對한論文은 三國遺事解題와함께先生의學究的인眞面目을들어낸것의하나이었다이밖에各種의國史書朝 鮮常識其他新聞雜誌에發表된許多한作品中특히不咸文學論檀君古記箋釋等은先生의檀君研 究의結晶이었다先生이晩年의大著로 國史辭典編纂에心血을傾注하다가動亂과病患으로이 를完成치못하신것은참으로千秋의恨事이다先生의數많은論著는다精金美玉으로길이傳할것 이니더욱新文學및國文學開拓에이바지한貢獻은실로높고빛나는것이었다아아先生의몸은이 미가셨으나그精神과業績은우리民族과함께永遠히傳할것이다이에우리同志들은이短碑를竪 立하여先生의高德과偉業을紀念하는바이다

■ 碑 陰

獨立宣言書

吾等은玆에我朝鮮의獨立國임과朝鮮人의自主民임을宣言하노라此로써世界萬邦에告하야 人類平等의大義를克明하며此로써子孫萬代에誥하야民族自存의政權을永有케하노라半萬年 歷史의權威를仗하야此를宣言함이며二千萬民衆의誠忠을合하야此를佈明함이며民族의恒久 如一한自由發展을爲하야此를主張함이며人類的良心의發露에基因한世界改造의大機運에順 應倂進하기爲하야此를提起함이니是ㅣ天의明命이며時代의大勢며全人類共存同生權의正當 한發動이라天下何物이던지此를沮止抑制치못할지니라舊時代의遺物인侵略主義强權主義의 犧牲을作하야有史以來累千年에처음으로異民族箝制의痛苦를嘗한지今에十年을過한지라我 生存權의剝喪됨이무릇幾何ㅣ며心靈上發展의障碍됨이무릇幾何ㅣ며民族的尊榮의毀損됨 이무릇幾何ㅣ며新銳와獨創으로써世界文化의大潮流에寄與補裨할機緣을遺失함이무릇幾何 ㅣ뇨噫라舊來의抑鬱을宣暢하려하면時下의苦痛을擺脫하려하면將來를脅威를芟除하려하면 民族的良心과國家的廉義의壓縮銷殘을興奮伸張하려하면各個人格의正當한發達을遂하려

하면可憐한子弟에게苦恥的財産을遺與치안이하려하면子子孫孫의永久完全한慶福을導迎하려하면最大急務가民族的獨立을確實케함이니二千萬各個가人마다方寸의刃을懷하고人類通性과時代良心이正義의軍과人道의干戈로써護援하는今日吾人은進하야取하매何强을挫치못하랴退하야作하매何志를展치못하랴丙子修好條規以來時時種種의金石盟約을食하얏다하야日本의無信을罪하려안이하노라學者는講壇에서政治家는實際에서我祖宗世業을植民地視하고我文化民族을土昧人遇하야한갓征服者의快를貪할쑨이요我의久遠한社會基礎와卓犖한民族心理를無視한다하야日本의少義함을責하려안이하노라自己를策勵하기에急한吾人은他의怨尤를暇치못하노라現在를綢繆하기에急한吾人은宿昔의懲辯을暇치못하노라今日吾人의所任은다만自己의建設이有할쑨이요決코他의破壞에在치안이하도다嚴肅한良心의命令으로써自家의新運命을開拓함이요決코舊怨과一時的感情으로써他를嫉逐排斥함이안이로다舊思想舊勢力에覊縻된日本爲政家의功名的犧牲이된不自然又不合理한錯誤狀態를改善匡正하야自然又合理한正經大原으로歸還케함이로다當初에民族的要求로서出치안이한兩國倂合의結果가畢竟姑息的威壓과差別的不平과統計數字上虛飾의下에서利害相反한兩民族間에永遠히和同할수업는怨溝를去益深造하는今來實績을觀하라勇明果敢으로써舊誤를廓正하고眞正한理解와同情에基本한友好的新局面을打開함이彼此間遠禍召福하는捷徑임을明知할것안인가쏘二千萬含憤蓄怨의民을威力으로서拘束함은다만東洋의永久한平和를保障하는所以가안일쑨안이라此로因하여東洋安危의主軸인四億萬支那人의日本에對한危懼와猜疑를갈수록濃厚케하야그結果로東洋全局이共倒同亡의悲運을招致할것이明하니今日吾人의朝鮮獨立은朝鮮人으로하야금正當한生榮을遂케하는同時에日本으로하야금邪路로서出하야東洋支特者인重責을全케하는것이며支那로하여금夢寐에도免하지못하는不安恐怖로서脫出케하는것이며쏘東洋平和로重要한一部를삼는世界平和人類幸福에必要한階段이되게하는것이라이엇지區區한感情上問題ㅣ리오아아新天地가眼前에展開되도다威力의時代가去하고道義의時代가來하도다過去全世紀에鍊磨長養된人道的精神이바야흐로新文明의曙光을人類의歷史에投射하기始하도다新春이世界에來하야萬物의回蘇를催促하는도다凍氷寒雪에呼吸을閉蟄한것이彼一時의勢ㅣ라하면和風暖陽에氣脈을振舒함은此一時의勢ㅣ니天地의復運에際하고世界의變潮를乘한吾人은아모躊躇할것업스며아모忌憚할것업도다我의固有한自由權을護全하야生旺의樂을

飽享할것이며我의自足한獨創力을發揮하여春滿한大界에民族的精華를結紐할지로다吾等이
玆에奮起하도다良心이我와同存하며眞理가我와併進하는도다男女老少업이陰鬱한古巢로서
活潑히起來하야萬彙群衆으로더부러欣決한復活을成遂하게되도다千百世祖靈이吾等을陰佑
하며全世界氣運이吾等을外護하나니着手가곳成功이라다만前頭의光明으로驀進할짜름인뎌

公約三章

　一 今日吾人의 此擧는 正義人道生存尊榮을 爲하는 民族的要求 l 니 오즉 自由的精神을
發揮할 것이오 決코 排他的感情으로 逸走하지 말라
　一 最後의 一人까지 最後의 一刻까지 民族의 正當한 意思를 快히 發表하라
　一 一切의 行動은 가장 秩序를 尊重하야 吾人의 主張과 態度로 하야금 어대까지던지 光
明正大하게 하라
朝鮮建國四千二百五十二年三月 日　　　朝鮮民族 代表

■ 右側碑面

檀紀四二九二年 十月 十日

六堂紀念事業會

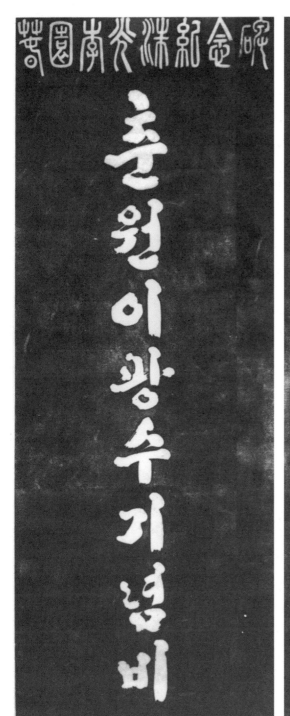

새로운 한국문학의 선도자로 이름 높은 춘원 이광수 春園李光洙 선생은 1892년 음력 2월 1일 평안북도 정주定州에서 전주이씨 종원鍾元의 맏아들로 태어나고 58세 되던 1950년 7월 12일 서울 효자동 자택에서 북쪽 공산군에게 끌려간 후 4반세기가 지난 오늘날까지 소식이 묘연하다

그의 생애와 업적 정열과 번뇌 깨달음과 가르침 모든 것이 이미 철과 망으로 세어야 할 충한불로 천하에 알려졌고 길이 남아 있지 아니한가 여기 낱낱이 기록할 필요도 없고 너비도 모자란다

젊어서는 인간본위의 자유사상을 남먼저 도입했고 이어서 나라와 겨레 섬김의 정신을 뜨는 도산 안창호 島山安昌浩의 인격혁신운동을 고취했으며 만년에는 종교적인 신앙과 구원의 길을 모색했으니 그런 연유로 1944년 양주楊州군 사능思陵 땅에 아늑한 집을 장만하여 4년 남짓 묻혀개 생활을 하는 동안 한해 겨울을 가까이 있는 봉선사春先寺로 입산 수도한 일이 있으니 곳 그의 팔촌 아우 운허耘虛스님이 주관하는 절이라

이제 소식 모르는 임을 안타까이 그리는 아내 허영숙과 멀리 미국 땅에서 대학교수와 강사로 봉사하는 아들 영근 딸 정란 정화들이 이 돌을 세워 어버이를 길이 사모하는 뜻을 바치고저 하며 삼가 후학 주요한이 글을 짓고 원곡 김기승이 글씨를 쓰나다
1975년 가을

기념비를 세우기 위해 미주로부터 귀국했던 허영숙부인은 이처럼 완공을 못보신채 9월 7일 80세의 천수를 마치시고 이웃에서 머지않은 샘내 공원묘지에 길이누우셨으니 실로 애처로운 일이 아닐수 없다

李光洙 詞碑

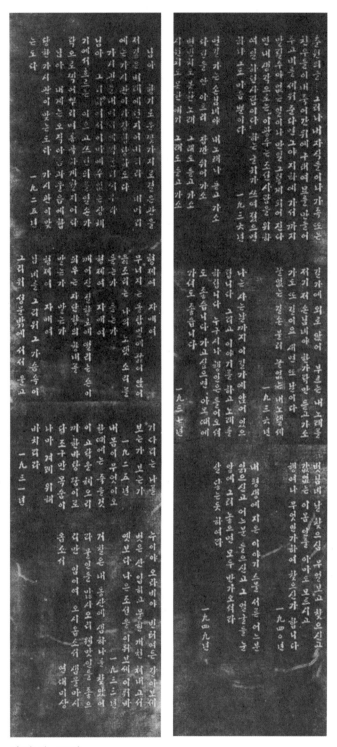

李光洙 詞碑

이광수 李光洙 詞碑

소재 경기도 남양주시 진접읍 봉선사
연시 1976년 5월 29일

■ 碑 陽

春園 李光洙 記念碑
춘원 이광수 기념비

■ 碑 陰

새로운 한국문학의 선도자로 이름 높은 춘원 이광수春園李光洙 선생은 1892년 음력 2월 1일 평안북도 정주定州에서 전주이씨 종원鍾元의 맏아들로 태어나고 58세되던 1950년 7월 12일 서울 효자동 자택에서 북쪽 공산군에게 끌려간후 4반세기가 지난 오늘날까지 소식이 묘연하다

그의 생애와 업적 정열과 번뇌 깨달음과 가르침 모든 것이 이미 천과만으로 세어야 할 출판물로 천하에 알려졌고 길이 남아있지 아니한가 여기 낱낱이 기록할 필요도 없고 너비도 모자란다

젊어서는 인간본위의 자유사상을 남 먼저 도입했고 이어서 나라와 겨레 섬김의 정신을 또는 도산 안창호島山 安昌浩의 인격혁신운동을 고취했으며 만년에는 종교적인 신앙과 구

원의 길을 모색했으니 그런 연유로 1944년 양주楊州군 사릉思陵 땅에 마을집을 장만하여 4년 남짓 돌베개 생활을 하는 동안 한해 겨울을 가까이 있는 봉선사奉先寺로 입산 수도한 일이 있으니 곧 그의 팔촌 아우 운허耘虛스님이 주관하는 절이다

이제 소식 모르는 임을 안타까이 그리는 아내 허영숙과 멀리 미국 땅에서 대학교수와 강사로 봉사하는 아들 영근 딸 정란 정화들이 이 터에 돌을 세워 어버이를 길이 사모하는 뜻을 바치고저하매 삼가 후학 주요한이 글을 짓고 원곡 김기승이 글씨를 쓰다

1975년 가을

기념비를 세우기 위해 미주로부터 귀국했던 허영숙 부인은 미처 완공을 못보신 채 9월 7일 80세의 천수를 마치시고 이곳에서 머지않은 샘내공원묘지에 길이 누우셨으니 실로 아쉬운 일이 아닐 수 없다

■ 左側碑面

님아 향기로운꽃가지로결은관을저깊은벼래에던지어버리라내머리에는가시관이가장합당하도다

가시관을내머리에꽉눌러씌우라

님아 그리하여서이마에수없는상채기에서흐르는 아프고쓰린피를열손가락으로찍어뿌리며통곡하게할지어다

님아 내게는오직아픔과울음에합당한가시관이맞는도다 가시관이맞는도다

一九二五년

형제여 자매여
무너지는 돌탑밑에 꿇어 앉아
읊조리는 나의 노랫소리를
듣는가 듣는가

형제여 자매여
깨어진 질향로에 떨리는 손이
피우는 자단향의 향내를
맡는가 맡는가
형제여 자매여
님네를 그리워 그 가슴속이
그리워 성문밖에 서서 울고
기다리는 나를
보는가 보는가

一九二五년

내몸이 무엇이오
한때에는 죽을것
이 고락을 헤오리까
한바탕 꿈이로다
조구만 목숨이나마
겨레 위해
바치리라

一九三一년

누이야 오라비야 빈터여든 갈아보세
벗은 산 입히고 묻힌 개천 쳐내고서
옛보다 나은 조선을 이뤄보세 이뤄바

一九三三년

거칠은 내 동산에 샘하나를 찾았어라
물인들 많사오리 웬맛인들 좋으리만
임이여 오시옵소서 샘물마시옵소서

연대미상

■ 右側碑面

춘원의 글…… 그러나 내 자식들이나 가족 또는 친우들이 내 죽어간 뒤에 구
태여 묘를 만들어 주고 비를 세워 준다면 그야 지하에 가서 까지 말릴수야 없
는 일이나 만일 그렇게 되어 진다면 내 생각으로는 이광수는 조선사람을 위하
여 일 하던 사람이다하는 글귀가 쓰여졌으면 하나 그도 마음 뿐이다

一九三六년

먼길 가는 손님네야 내노래나 듣고 가소
다린들 안 아프리 잠깐 쉬어 가소
변변치도 못한 노래 그래도 듣고 가소
시원치도 못한 얘기 그래도 듣고 가소

길가에 외로 앉아 부르는 내 노래를
저기 저 손님네야 한가락만 듣고 가소
가도 또 길이요 새면 또 날이다
끝없는 길손 불러 끝없는 내노랠세

一九三六년

나는 사는날까지 이 길가에 앉어 있으렵니다 그리고 이야기를 하고 노래를 하렵
니다 누구시나 행인은 들어오셔도 좋습니다 가고싶으면 아모때에 가셔도 좋습
니다

一九三七년

벗님네 날 찾으심 무얼보고 찾으신고
값없는 이몸인줄 아마도 모르시고
행여나 무엇인가하여 찾으신가 합니다

一九四〇년

내 평생에 지은 이야기 스물 서른 어느분
읽으신고 어느분 들으신고 그 얼굴들
눈앞에 그려 놓으면 모두 반가오셔라
살 닿는듯 하여라

　　　　　　　　　　　　　　　　　　一九四九년

吳相淳 詩碑

오상순 吳相淳 詩碑

소재 서울특별시 강북구 수유동
연시 1964년 6월 8일

■ 碑 陽

空超吳相淳碑

흐름 위에

보금자리 친

오 흐름 위에

보금자리 친

나의 魂……

■ 碑 陰

一八九四年 四月 九日 서울에서 태어나다 一九六三年 六月 三日 돌아가다 廢墟誌 同人으로 新文學運動에 先驅가 되다 平生을 獨身으로 漂浪하며 살다 몹시 담배를 사랑하다 遺詩集 한 卷이 남다

생시에 못 뵈올 임을 꿈에나
뵐가 하여
꿈 가는 푸른 고개 넘기는 넘
었으나,
꿈조차 흔들리우고 흔들리어
그립던 그대 가까울 듯 멀어라.
〈생시에 못 뵈올 임을〉의 前半部.

卜榮魯 詩碑

변영로 卞榮魯 詩碑

소재 경기도 부천시 오정면 고강리
연시 1968년 5월

■ **碑陽上段**

樹州卞榮魯先生紀念碑

■ **碑陽下段**

생시에 못뵈올 임을 꿈에나
뵐가 하여
꿈 가는 푸른 고개 넘기는 넘
었으나
꿈조차 흔들리우고 흔들리어
그립던 그대 가까울 듯 멀어라

— 「생시에 못뵈올 임을」의 前半部

■ **碑 陰**

우리世代에나타난卞門의세별山康榮晩逸石榮泰樹州榮魯의伯仲季는그飄逸한才質과대쪽
같은志操와淸廉介潔한品性이一世의範이되엄즉하니이는다그嚴親卞鼎相公의嚴格한訓育과

淸醇한德行에말미암은바라하겠다季氏樹州는이밖에諧謔과諷刺를겯드려談笑中奔放한才氣를發散시켜듣는이로하여금종종噴飯의爆笑를터뜨리게하였다詩와隨筆에才華를보였고英文學에도能하여古典時調의英譯으로사람을놀라게도하였다教育家로서言論人으로聲聞을높였으며거의一生을술과더불어始終하였으니남달리銳利한感覺의所有者로서三十六年間苛酷한倭政의桎梏속에서生生한本精神을가지고는悲憤慷慨의나머지失眞지경에이르지않을수없었든탓으로壺裡乾坤으로逃避하여世間의甲子를忘却하려하였든것이아니었든가酩酊四十年이란그의著書는이를證明하고도남음이있을것이다人生은가고야마는것樹州도六十三歲를一期로그遺骸가여기잠들고있으나그精魂은 光復된祖國을天上에서굽어살피며계실것이다永遠히또永遠히

一石李熙昇撰 一中金忠顯書

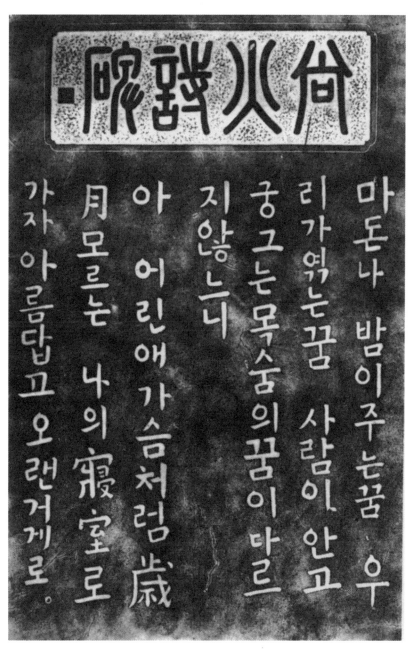

마돈나 밤이 주는 꿈 우
리가 엮는 꿈 사람이 안고
궁그는 목숨의 꿈이 다르
지 않으니
아 어린애 가슴처럼 歲
月 모르는 나의 寢室로
가자 아름답고 오랜 거게로。

李相和 詩碑

이상화 李相和 詩碑

소재 대구광역시 달성공원
연시 1948년 3월 14일

■ 碑 陽

尚火詩碑

마돈나 밤이주는 꿈 우

리가 엮는 꿈 사람이 안고

궁그는 목숨의 꿈이 다르

지 않느니

아 어린애 가슴처럼 歲

月 모르는 나의 寢室로

가자 아름답고 오랜거게로

■ 碑 陰

詩人李相和는西紀一九〇一年辛丑四月五日又南李時雨公의第二子로태어나西紀一九四三
年癸未三月二十一日四十三歲로세상을떠나니大邱는그出生地요終焉地이다

그의 詩歷은「白潮」同人時代에서시작되었으니香氣롭고奔放한그詩風은初期의朝鮮詩壇에

있어서 淸新한一魅力이었다 代表作으로는 「나의寢室로」를 비롯하여 「빼앗긴들에도봄은오
는가」「逆天」「離別」等이있으니碑面에새긴詩句는 「나의 寢室로」中의一節이다

　홀러간물의자취를굳이찾을것이아니로되詩人의조찰한生涯를 追念하는뜻과아울러뒤에
남은者의허술하고아쉬운마음을스스로달래자는생각으로적은돌을새겨여기세우기로한다

戊子正月

金素雲 識

題簽 葦滄 吳世昌 八十四歲 書

詩句 遺胤三子 太熙十一歲 書

背銘　竹農 徐東均 書

산유화

산에는 꽃 피네,
꽃이 피네.
갈 봄 여름 없이
꽃이 피네.

산에
산에
피는 꽃은
저만치 혼자서 피어 있네.

산에서 우는 작은 새여,
꽃이 좋아
산에서
사노라네.

산에는 꽃 지네,
꽃이 지네.
갈 봄 여름 없이
꽃이 지네.

金素月 詩碑

김소월 金素月 詩碑

소재 서울특별시 중구 남산공원
연시 1968년 4월 13일

■ 碑 陽

산유화

산에는 꽃피네
꽃이 피네
갈 봄 여름 없이
꽃이 피네

산에
산에
피는 꽃은
저만치 혼자서 피어 있네

산에서 우는 작은 새여
꽃이 좋아
산에서

사노라네

산에는 꽃 지네
꽃이 지네
갈 봄 여름 없이
꽃이 지네

■ 上臺石 前面

韓國新詩六十年紀念
素月詩碑
한국일보사 세움
一九六八年 三月 日

■ 上臺石 後面

金貞淑 만듦
金忠顯 씀

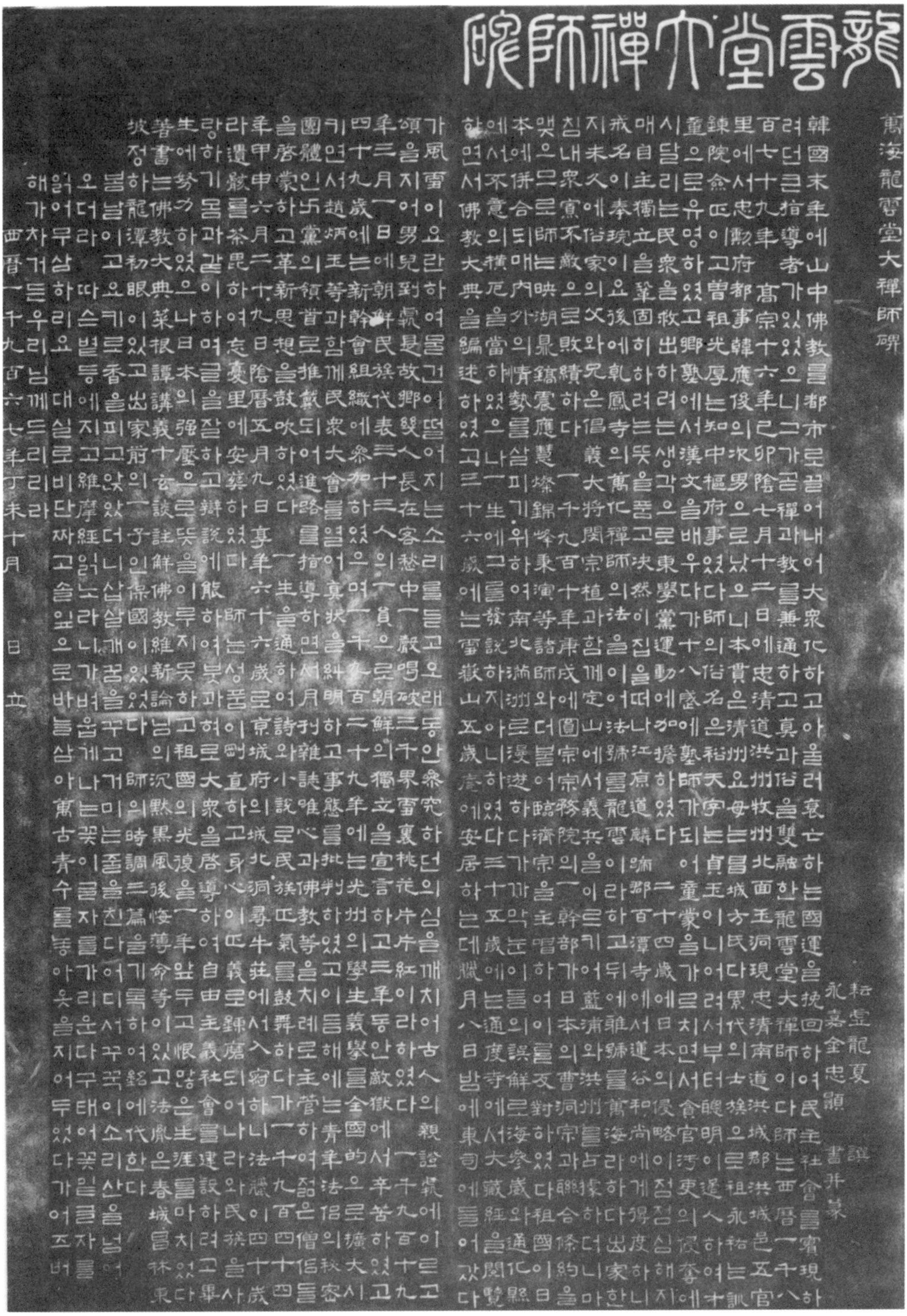

韓龍雲 詩碑

한용운 韓龍雲 詞碑

소재 서울특별시 종로구 탑골공원
연시 1967년 10월

■ 碑 陽

萬海龍雲堂大禪師碑

耘虛龍夏 撰 永嘉金忠顯 書竝篆

韓國末年에山中佛敎를都市로끌어내어大衆化하고아울러衰亡하는國運을挽回하여民主社會를實現하려던큰指導者가있었으니그가곧禪과敎를兼通하고眞과俗을雙融한龍雲堂大禪師이다師는西歷一千八百七十九年高宗十六年己卯陰七月十二日에忠淸道洪州牧州北面玉洞現忠淸南道洪城郡洪城邑五官里에서忠勳府都事韓應俊의次男으로났으니本貫은淸州요母는昌城方氏다累代의士族으로祖永祐는訓鍊院僉正이고曾祖光厚는知中樞府事였다師의俗名은裕天字는貞玉이니어려서부터聰明이過人하여才童으로유명하였고鄕塾에서漢文을배우다가十八歲에塾師가되어童蒙을가르치면서貪官汚吏의侵奪에시달리는民衆을救出하려는생각으로東學黨運動에加擔하였다二十四歲에日本의侵略이점점심해지매自主獨立을鞏固히하려는뜻을품고決然이집을떠나江原道麟蹄郡百潭寺에서蓮谷和尙에게得度하니戒名이奉玩이요後에乾鳳寺의萬化禪師의法을이어法號를龍雲이라하고뒤에雅號를萬海라하다出家한지未久에俗家의父와兄은倡義大將閔宗植과함께定山에서義兵을이르키어藍浦

와洪州를占據하더니마침내衆寡不敵으로敗績하다一千九百十年庚戌에圓宗宗務院의一幹部가日本의曹洞宗과聯合條約을맺으므로師는映湖鼎鎬震應慧燦錦峰秉演等諸師와더불어臨濟宗을主唱하여이를反對하였다祖國이日本에併合되매內外의情勢를살피기위하여南北滿州로漫遊하다가까막눈이들의誤解로海參威와通化縣에서不意의橫厄을當하였으나一生에그를發說하지아니하였다三十五歲에는通度寺에서大藏經을閱覽하면서佛敎大典을編述하였고三十六歲에는雪嶽山五歲庵에安居하는데臘月八日밤에東司에들어갔다

■ 碑 陰

가風雪이요란하여물건이떨어지는소리를듣고오래동안參究하던의심을깨치어古人의親證處에이르고頌을지어男兒到處是故鄕幾人長在客愁中一聲喝破三千界雷裏桃花片片紅이라하였다一千九百十九年三月一日에朝鮮民族代表三十三人의一員으로朝鮮의獨立을宣言하고三年동안敵獄에서辛苦하였고四十九歲에는新幹會組織에參加하였으며一千九百二十九年에는光州의學生義擧를全國的으로擴大시키면서趙炳玉等과함께民衆大會를열어眞狀을糾明하고事態를批判하였고이듬해에는靑年法侶의秘密團體인卍黨의領首로推戴되어進路를指導하면서月刊雜誌唯心과佛敎等을차례로主管하여젊은僧侶들을啓蒙하고革新思想을鼓吹하였다一生을通하여詩와小說로民族正氣를鼓舞하다가一千九百四十四年甲申六月二十九日陰曆五月九日享年六十六歲로京城府의城北洞尋牛莊에서入寂하니法臘이四十歲라遺骸를茶毘하여忘憂里에安葬하였다師는성품이剛直하고身心이正義로鍊磨되어나라와民族을사랑하기몸과같이하며글을잘하고辯說에能하여붓과혀로大衆을啓導하여自由主義社會를建設하려고畢生에努力하였으나日本의强壓으로뜻을이루지못하고祖國의光復을一年앞두고恨많은生涯를마치었다著書는佛敎大典菜根譚講義十玄談註解佛敎維新論님의沈默黑風後悔薄命等이있고法胤은春城昌林東坡정하龍譚初眼이있고出家前의一子인保國이있었다師의時調三篇을기록하여銘에代한다
봄날이고요키로香을피고앉았더니삽살개꿈을꾸고거미는줄을친다어디서꾸꾹이소리산을

넘어오더라따슨볕등에지고維摩經읽노라니가벼웁게나는꽃이글자를가리운다구태어꽃밑글
자를읽어무삼하리요대실로비단짜고솔잎으로바늘삼아萬古靑수를놓아옷을지어두었다가어
즈버해가차거든 우리님께 드리리라

西曆一千九百六十七年丁未十月 日 立

■ 右側碑面

龍雲堂萬海大禪师碑建立推進委員會

顧問 李靑潭 朴 洸

委員長 金鏡峰

副委員長 趙明基 李漢相

總務委員 孫慶山 金南谷 李行願

財政委員 姜昔珠 楊聰雨 李梵行

委員 李耘虛 李春城 李石虎 金慈雲

金東華 朴西角 金雲學

中央總務院職員一同

中央宗會議員一同

本寺住持一同

李秉岐 詩碑

이병기 李秉岐 詩碑

소재 전라북도 전주시 다가공원
연시 1968년 11월 19일

■ 碑 陽

가람시비

시 름

그대로 괴로운 숨 지고 이어 가랴 하니
좁은 가슴 안에 나날이 돋는 시름
회도는 실꾸리같이 감기기만 하여라

아아 슬프단 말 차라리 말을 마라
물도 아니고 돌도 또한 아닌 몸이
웃음을 잊어 버리고 눈물마저 모르겠다

쌀쌀한 되바람이 이따금 불어온다
실낱만치도 별은 아니 비쳐 든다
찬 구들 외로이 앉아 못내 초조하노라

강암 송성용 씀

■ 碑 陰

건립위원

이환의	설인수	유영대	김상오
이방환	신석정	문선규	김영찬
전규박	박상남	길병전	문동리
김경식	박길진	진기풍	서완봉
엄병건	김원호	염동찬	이치박
길기순	신정호	최승범	

서기 一九六八년 十一월十九일 건립

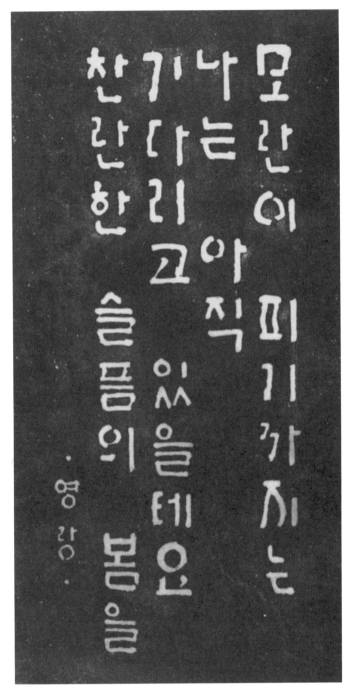

金永郎 詩碑

김영랑 金永郎 詩碑

소재 광주광역시 광주공원
연시 1970년 12월 19일

■ 碑 陽

모란이 피기까지는
나는 아직
기다리고 있을테요
찬란한 슬픔의 봄을
                    영랑

■ 碑 陰

김영랑 시인의 본명은 김윤식 강진에서 一九〇三년에 태어나 휘문고보 동경 청산학원에서 수업하였고 박용아 시인과 각별한 교분을 맺어 시문학 동인으로 활동하면서 특히 우리 전라도의 지방어를 승화시킨 시인이다 전국 문화단체 총연합회 창설에 힘 썼고 공보처 출판국장을 역임했으며 『영랑시집』이 있다 一九五〇년 별세

서기 一九七〇. 十二. 세움
시비건립위원회
위원장 허연
글씨 서희환

나두야 간다
나의 이 젊은 나이를
눈물로야 보낼거냐
나두야 가련다

朴龍喆 詩碑

박용철 朴龍喆 詩碑

소재 광주광역시 광주공원
연시 1970년 12월 19일

■ 碑 陽

나두야 간다
나의 이 젊은 나이를
눈물로야 보낼거냐
나두야 가련다

　　　　　　　용아

■ 碑 陰

　박용아 시인의 본명은 박용철 송정리에서 一九〇四년에 태어나 청산학원 동경외국어학교 및 연희전문에서 수학하였고 一九三〇년대 『시문학』『문예월간』 등을 발간 순수 서정시 운동으로 우리 시문학사의 획기적인 시기를 이룩했고 연극 번역 비평 문학에도 공을 세웠으며 『박용철전집』이 있다.　一九三八년 별세

辛夕汀 詩碑

네 눈망울에서는

네 눈망울에서는
초록빛 五月
하이얀 찔레꽃 내음새가
난다

네 눈망울에서는
초롱 초롱한
별들의 이야기가
있다

네 눈망울에서는
아득한 종소리가
들린다

네 눈망울에서는
새벽을 알리는

네 눈망울에서는
머언 먼 뒷날
이만나야 할 뜨거운 손을
보인다

네 눈망울에서는
손잡고 이야기할
즐거운 나날이 오고
다 있

辛夕汀 詩碑

신석정 辛夕汀 詩碑

소재 전라북도 전주시 덕진공원
연시 1976년 7월 6일

■ 碑 陽

네 눈망울에서는

네 눈망울에서는
초록빛 五月
하이얀 찔레꽃 내음새가
난다

네 눈망울에서는
초롱 초롱한
별들의 이야기가 있다

네 눈망울에서는
새벽을 알리는
아득한 종소리가 들린다

네 눈망울에서는

머언 먼 뒷날
만나야 할 뜨거운 손들이 보인다

네 눈망울에서는
손잡고 이야기할
즐거운 나날이 오고 있다

■ 碑 陰

선생은 一九〇七년 전라북도에서 태어나 一九七四년 돌아가기까지 한평생을 향토에서 사셨다

一九三〇년대 순수시운동에 앞장서 서정적 목가시인으로 우리나라 서정시의 정립에 공헌하셨고 이후 시작생활 四〇여년의 한생을 오로지 시문학에 헌신한 그 불요불굴의 정신은 민족문학사에 커다란 횃불이 되어 길이 겨레의 정신사를 빛낼 것이다

선생을 기리는 문단을 비롯한 각계 인사들의 뜻을 모아 삼가 이 돌비를 세우다

一九七四년 七월 六일
辛夕汀先生詩碑建立推進委員會
顧問 黃寅性 柳在榮
沈鍾燮 朴吉眞
名譽委員長 月灘 朴鐘和
名譽副委員長 徐廷柱
金東里 朴木月 趙演鉉
委員長 金光洙 副委員長
崔鍾鎬 金炳宇 盧時英
金泰秀 辛炯九 文東蘇
委員 崔勝範 李基班

許素羅 曺斗鉉 李炳勳
辛鉉根 無順
幹事 李治白 丁德龍
剛奄 宋成鏞書

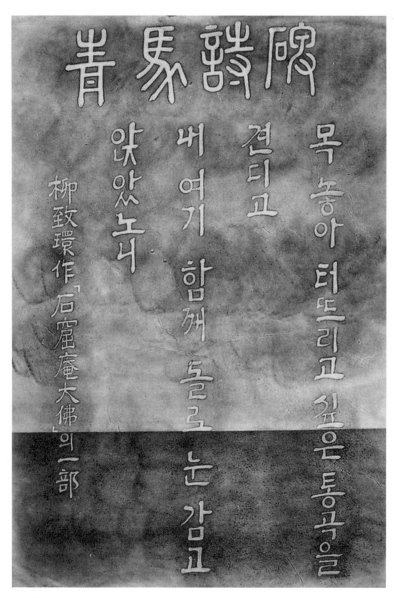

青馬詩碑

목놓아 터뜨리고 싶은 통곡을
견디고
써여기 함께 돌로 눈 감고
앉았노니.
柳致環作「石窟庵大佛」의一部

柳致環 詩碑

유치환 柳致環 詩碑

소재 경상북도 경주시 불국사
연시 1968년 4월 15일

■ 碑 陽

青馬詩碑

목 놓아 터뜨리고 싶은 통곡을
견디고
내 여기 함께 돌로 눈감고
앉았노라

— 柳致環作 「石窟庵大佛」의 一部

산골의 가을은 왜
이리 고적할가!
앞뒤 울타리에서
부수수 하고
떨어지는 잎은 진다
바로 그것이 귀밑에서
속삭이는듯 나직나직
들리는듯 더욱 나직
더욱 몹쓸건
물 소리
골을 휘몰아
맑은 샘은 흘러내리고
야릇하게도
으름장을 놓는다
종! 종! 종!
쪼로록풍!
ㄱ산골나그네에서

출생　一九〇八년 一〇월 十一일
강원도 춘성군 신동면 증리 四七번지
사망　一九三七년 三월 二九일
경기도광주군중부면상산곡리 一〇〇

金裕貞 詞碑

김유정 金裕貞 詞碑

강원도 춘천시 의암댐
연시 1968년 5월 29일

■ 碑 陽

김유정 문인비

■ 左側碑面

산골의 가을은 왜
이리 고적할가!
앞뒤 울타리에서
부수수 하고
떨잎은 진다
바로 그것이 귀밑에서
들리는듯 나직나직
속삭인다
더욱 몹쓸건
물 소리
골을 휘몰아

탑본과 비문 ‥51

맑은 샘은 흘러내리고

야릇하게도

음률을 읊는다

퐁！퐁！퐁！

쪼록퐁！

— 「산골나그네」에서

출생 一九〇八년 一〇월 十一일

강원도 춘성군 신동면 증리 四七번지

사망 一九三七년 三월 二九일

경기도 광주군 중부면 상산곡리 一〇〇

■ 右側碑面

서기 一九六八년 五월 二九일 준공

김유정 기념사업회

徐廷柱 詩碑

서정주 徐廷柱 詩碑

소재 전라북도 고창군 선운사
연시 1974년 5월 19일

■ 碑 陽

선운사 골째기로

선운사 동백꽃을

보러 갔더니

동백꽃은 아직 일러

피지 안했고

막걸리집 여자의

육자배기가락에

작년것만 상기도 남었읍니다

그것도 목이 쉬어 남었읍니다

단군기원사천삼백칠년
선운사 동구에서 지어 씀
미당 서정주

金容浩 詩碑

김용호 金容浩 詩碑

소재 서울특별시 용산구 단국대학교
연시 1975년 5월 14일

■ 碑 陽

날개 (Ⅰ)

거리에 서면
부후연 먼지와 거센 바람

파아란 하늘이 그리워
발돋움하면
넌 나를
절름발이라 하는구나

어디메로 가는 구름이기에
〈이스라엘〉 백성이 바라보던
구름이기에
움패인 마음 한구석에
철늦은 비를 따루느냐

먼지도
바람도
비도
모두 멎어라
천길 땅속 뻗은 뿌리에
싹은 터라

내
날고 싶구나
짧은 한쪽다리를 어루만져
내 날고 싶구나

■ 右側碑面

　鶴山 金容浩博士는 一九一二년 五월 二六일 馬山에서 태어나 「날개」 외 九권의 詩集과 「詩文學入門」 등 많은 著書를 남기고 一九七三년 五월 十四일 檀國大學校 文理科大學長으로 在職中 他界하다

一九七五년 五월 十四일
二周忌에 檀國大學校
韓國文人協會 세우다

나에게 어린 염소에게 드리키고.

나는 이곳을 떠나련다

개 짖는 마을아

닭이 새벽을 알리는 촌가들아

잘 있거라

별이 있고

하늘이 보이고

거기 자유가

닫혀지지않는 곳이라면

「고별」에서

一九五一·三·一一일 지음

盧天命 詩碑

노천명 盧天命 詩碑

소재 경기도 고양시 벽제면 대자리
연시 1957년 8월 20일

■ 碑 陽

盧天命之墓

베로니가

■ 碑 陰

눈물 어린 얼굴을 도리키고
나는 이곳을 떠나련다
개 짖는 마을아
닭이 새벽을 알리는 촌가들아
잘 있거라

별이 있고
하늘이 보이고
거기 자유가
닫혀지지 않는 곳이라면

─「고별」에서

一九五一. 三. 一一日 지음

李陸史 詩碑

이육사 李陸史 詩碑

소재 경상북도 안동시 안동댐
연시 1968년 5월 5일

■ 碑 陽

陸史詩碑

까마득한 날에
하늘이 처음 열리고
어데 닭 우는 소리 들렸으랴

모든 山脈들이
바다를 戀慕해 휘달릴 때도
차마 이곳을 犯하던 못 하였으리라

끊임없는 光陰을
부지런한 季節이 피어선 지고
큰 江물이 비로소 길을 열었다

지금 눈 내리고
梅花香氣 홀로 아득하니

내 여기 가난한 노래의 씨를 뿌려라

다시 千古의 뒤에

白馬타고 오는 超人이 있어

이 曠野에서 목놓아 부르게 하리라

— 遺詩 「曠野」

■ 碑 陰

曠野를달리는駿馬의意志에는槽櫪의嘆息이없고한마음지키기에生涯를다바치는志士의千古一轍에는成敗와榮辱이아랑곳없는법이다天賦의錦心繡腸을滿腔의熱血로꿰뚫은이가있으니志節詩人李陸史님이그분이다

임의이름은源祿이요一名은活이니陸史는그雅號이다一九○四年甲辰四月初四日에安東郡陶山面遠村鄉第에서退溪先生의後裔亞隱公家鎬의두째아드님으로나시니어머니許씨는凡山公許蘅의따님이시다임은學問과氣節의오랜淵源을이러한血統으로이어받은지라어려서부터才器가煥發하여鄉黨의囑望을지녔으나때는이미國運이다한때였다祖父痴軒公中植께漢學을受業하다가스무살에飄然히渡日하여一年餘를放浪하고스무세살되던해에다시발길을大陸으로돌려北京士官學校에入學하였으니이로부터임의一生을祖國光復運動에바친바되었다一九二七年가을에잠시歸國하였다가張鎭弘義士의朝鮮銀行大邱支店爆彈事件에連坐되어伯兄源祺와叔弟源一로더불어三兄弟가함께逮捕되어二年餘의慘酷한刑罰을받았다 때에임의囚人番號가二六四인지라因하여그音을取하여陸史를雅號로삼았으니自嘲와自許가얽힌이이름은임의生涯를象徵하는바되었다陸史는그뒤北京大學社會學科를마치고北華南滿을驅馳하며때의獨立運動集團이던正義府와軍政署와義烈團의活動에連繫하는사이國內에들어와서는中外日報와朝光社人文社等言論機關에발길을멈춘적이있었으나그의걸음에는항상定處의安逸이없었다國內外의大小事件이있을때마다檢束投獄되기무릇十七回大邱서울北京의倭獄을드나들다가마침내祖國光復을한해앞둔一九四四年一月十六日에北京監獄에

서四十一歲를一期로殉義하여波瀾많은生涯를마쳤다

陸史의詩가詩壇에膾炙된것은一九三○年代末의일이다苛烈하던 抵抗의意志가點綴된임의 詩는서늘한凝結斬新한比喩를얻어莊嚴한 律格을象徵하였던것이다 詩筆을늦게들었고남긴 詩篇이얼마되지않으나스스로謙讓한바이가난한노래의씨들은임의生涯가선비의매운節介를 위하여萬丈의光芒이됨으로써不滅의生命을꽃피워갈것이다 陸史는夫人安씨와의사이에一 點血肉으로따님沃非를끼쳤고끝의아우源昌의아들東博으로뒤를이었다遺稿陸史詩集은季弟 源朝가엮어上梓하였으며遺骨는長姪東英의손으로故鄕의先塋에安葬되었다

一九六四年은陸史의還歷의해이다 生前의知己詩友와同道의後輩가誠力을모아한조각돌에 遺詩를새기고겸하여一代의자취를간추리는것은임의높은뜻을길이紀念하고자함이다

曠野를달리던뜨거운意志여

돌아와祖國의江山에안기라

趙東卓 撰

金忠顯 篆

裵吉基 書

一九六四年 四月　日

殉國詩人 陸史李源祿先生記念碑

建立委員會 세움

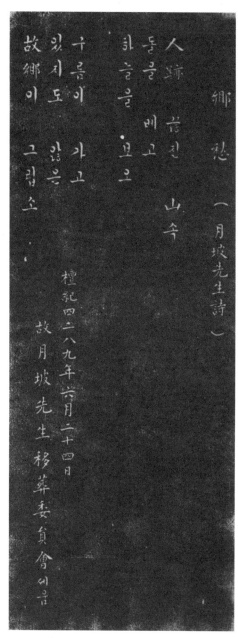

鄕愁 (月坡先生詩)

人跡 끊진 깊은 山속

돌을 베고
하늘을 보오.

구름이 가고
있지도 않은

故鄕이 그립소.

檀紀四二八九年 六月 二十四日

故月坡先生 移葬委員會 세움

金尚鎔 詩碑

김상용 金尙鎔 詩碑

소재 서울특별시 중랑구 망우리묘지
연시 1956년 6월 24일

■ 碑 陽

月坡金尙鎔之墓

■ 碑 陰

鄕愁(月坡先生詩)

人跡 끊진 山속
돌을 베고
하늘을 보오

구름이 가고
있지도 않은
故鄕이 그립소

檀紀 四二八九年 六月 二十四日
故月坡先生移葬委員會 세움

■ 右側碑面

令夫人 朴愛鳳女史(檀紀四二八七年 二月 六日 도라가심)는 여기 함께 뫼셨고 그 遺家族
은 長女貞浩 次女怜浩 長男慶浩 三女明浩 二男聖浩 四女順浩 五女善浩 三男忠浩임

■ 左側碑面

檀紀 四二三五年 八月 十七日 京畿道 漣川서 나셔서
四二八四年 六月 二十二日 釜山서 도라가셨고
四二八九年 二月 三十日 이 자리에 옮겨 뫼시다

외로이
흘러간
한송이
구름
이밤을
어디메서
쉬리라던고

성긴
빗방울
파촛잎에
후두기는
창열고
푸른산과
마조
앉아라
저녁 어스름

들어도
싫지
않은
물소리기에
날마다
바라도
그리운
산아

온
아츰
나의
꿈을
스쳐간
구름
이밤을
어디메서
쉬리라던고

芭蕉雨

趙芝薰 詩碑

조지훈 趙芝薰 詩碑

소재 서울특별시 중구 남산공원
연시 1971년 5월 17일

■ 碑 陽

芭 蕉 雨

외로이 흘러간
한송이 구름
이 밤을 어디메서
쉬리라던고

성긴 빗방울
파촛잎에 후두기는 저녁 어스름
창 열고 푸른 산과
마조 앉아라

들어도 싫지 않은
물 소리기에
날마다 바라도
그리운 산아

온 아츰 나의 꿈을
스쳐간 구름
이밤을 어디메서
쉬리라던고

■ 碑 陰

趙芝薰先生은1920年12月3日慶北英陽郡日月面注谷洞에서趙憲泳氏의次男으로태어났으니 本名은東卓이다어려서鄕里에서漢學을공부한후上京하여1939年4月에는「文章」誌를통하여 詩壇에등장했고1941年3月에惠化專門大學校文科를졸업하였다1942年3月부터朝鮮語學會의 「큰사전」編纂에참여한그는日帝의橫暴가격심해진二次大戰末期를五臺山과故庄에서숨어살 았다

解放後그는講義와學問硏究와文壇活動으로일관하였으니1947年2月에는全國文化團體總 聯合會結成에中央常任委員으로참여하고同年10月부터는高麗大學校에서國文學을강의하기 시작하였다그뒤그는韓國文學家協會中央常任委員(1949)韓國敎授協會中央委員(1960)世界 文化自由協議韓國本部創立委員(1961)國際詩人會議韓國代表(1961)高大附設民族文化硏究 所長(1963)韓國詩人協會會長(1967)韓國新詩60年紀念事業會會長(1967)등을歷任하고1968 年5月17日滿48歲로애석하게世上을떠났다

그의著書에는詩集으로1946년에발간된朴木月朴斗鎭과의合著「靑鹿集」을비롯하여「풀잎 斷章」(1952)「趙芝薰詩選」(1956)「歷史앞에서」(1959)및「餘韻」(1964)이있고詩論으로「詩의 原理」(1953)가있다그밖에隨筆및評論集으로「窓에기대어」(1958)「詩와人生」(1959)「志操論」 (1962) 및「돌의美學」(1964)과譯書로「採根譚」(1959)이있고論考로「韓國文化史序說」(1964) 이있으며 論文으로는「新羅國號硏究論攷」(1955)「韓國民族運動史」(1964)「新羅歌謠硏究論 攷」(1964)및 數鬪牋」(1966)등이있다
이와같은그의다채로운經歷과수많은業績은그의活動이얼마나눈부신것이었는가를뚜렷이

보여주거니와그는비단優雅하고淸壯한詩人이었을뿐만아니라漢學과佛敎와近代文學에대한 깊은造詣와文學歷史民俗學등여러分野에걸친광범한關心을가진學者였다또한節介와襟度와 風流에있어서도그는當代에이름높던人士로서이미그는少時부터民族意識에투철하여日政의 桎梏아래그늘진삶을살았으며光復직후에는民族主義文化陣營의先頭에서銳鋒을휘두르던論 客이었고大韓民國政府樹立이후에는歷代政權의非를과감히비판하던행동하는知性人이었다 그러면서도그의性稟은華奢하고豪放하였으며또한勤實하고緻密하였으니그는실로예민한感 受性과높은知性과굳센實踐力을兼備한詩人이요學者요志士요風流人이었던것이다

　이러한뜻에서그는빛나는韓國선비의傳統을전형적으로具現한사람이요그가平素에私淑하 던梅泉과萬海의精神과資質을이어받은當代에드문人物이었다여기그의生前의벗들과弟子들 이뜻과힘을모아그의詩「芭蕉雨」한편을새기고그의行績과風貌의一端을적음은이러한그의빛 나는詩와生涯와精神을길이後世에전하기위함이다

西紀 1971년 5月 17日
趙芝薰詩碑建立委員會

■ 左側碑面

글　金宗吉
글씨　前面裵吉基
後面金膺顯

故 花人 金洙敦 先生 詩碑

『愛愁의 皇帝』

밝은 대낫에
촛불 하나 켜 보면,

초만 닳고
빛 없는 노래

아네모네는 情다운 愛人
紫色이 짙은 것은 愛愁夫人.

구름과 詩와 꿈
食慾이 없는 饗宴에서

나의 秘方의 酒癖이여.
언제부터 가진 버릇인지 모르는

知識도 理性도 斷絶된 世界 ……서
戰爭을 노래모양 외운다
英雄이 너무 많다.

絶海 가운데 외로운 섬에 앉아
歷程을 되씹는 皇帝가 되랴.

金洙敦 詩碑

김수돈 金洙敦 詩碑

소재 경상남도 창원시 마산합포구 산호공원
연시 1973년 2월 21일

■ 碑 陽

故花人金洙敦先生詩碑

憂愁의 皇帝

밝은 대낮에

촛불 하나 켜 보면
초만 닳고

빛 없는 노래

아네모네는 情다운 愛人
紫色이 짙은 것은 憂愁夫人

구름과 詩와 꿈
食慾이 없는 饗宴에서

언제부터 가진 버릇인지 모르는

나의 秘方의 酒癖이여

知識도 理性도 斷絕된 世界意識에서

戰爭은 노래모양 외운다

英雄이 너무 많다

絕海 가운데 외로운 섬에 살아

歷程을 되씹는 皇帝가 되랴

■ 碑 陰

花人이 가신 지 벌써 七년 지역사회 문학예술의 진흥을 위해 크게 기여하신 그분의 詩와 이름을 새겨 후세에 길이 전하고자 花人을 추모하는 동료와 친지 후배와 제자들의 정성을 모우고 市 당국의 협조를 얻어 여기에 이 詩碑를 세운다.

一九七三년 二월 二十一일

故花人金洙敦先生

詩碑建立委員會

■ 右側碑面

一九一七년 三월 二〇일 마산에서 나시어 제일여고 경남대학에서 교편을 잡으시고 一九六六년 七월 四일 마산에서 돌아가시다

■ 左側碑面

「文章」誌에「召燕歌」「故鄕」等으로 데뷔 二五년간 詩作活動을 하시면서「召燕歌」「憂愁의 皇帝」두 詩集을 남기시다

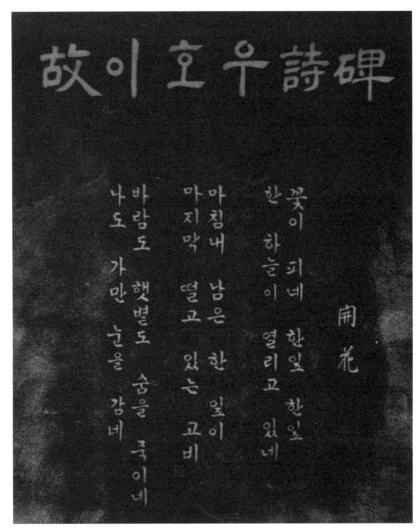

李鎬雨 詩碑

이호우 李鎬雨 詩碑

소재 대구광역시 앞산공원
연시 1972년 1월 6일

■ 碑 陽

故 이호우 詩碑

開 花

꽃이 피네 한잎 한잎
한 하늘이 열리고 있네

마침내 남은 한 잎이
마지막 떨고 있는 고비

바람도 햇볕도 숨을 죽이네
나도 가만 눈을 감네

■ 碑 陰

시인 李鎬雨는 1912년 3월 2일 慶尙道 淸道고을 內湖마을에서 韓末 郡守 月城李公 鍾洙의 1남 2녀 중 맏아들로 태어났다

일찌기 서울로 올라가 第一高普에서 수학한 후 진작 시조문학에 뜻을 두어 1941년 文章誌에 작품 「달밤」으로 추천을 받고 문단에 나왔다 그는 한 때 대구 〈매일신보사〉 편집국장 자리에 앉기도 하였으나 곧 물러나와 평생을 뜻한 바 시조에 전념하다가 1970년 1월 6일 불시에 이승을 떠났다 우리 정서의 고유한 운율인 시조가 밀물처럼 밀려오는 외래 사조의 소용돌이 속에서 거의 가락을 잃어가려 한 때 오로지 60평생 시조의 밭을 갈아 전통을 이어받으면서도 새 경지를 개척하여 〈爾豪愚時調集〉과 〈休火山〉의 두그루 교목을 세웠으니 그 시편들은 우리 한국 시단의 유산으로 길이 빛날 것이다 하늘과 땅 사이에 눈 감고 앉으면 바위되어 금이 가고 무잡한 세월을 밟고 서면 낙락하여 장송처럼 탄식하던 이 이제 시인은 가고 노래는 남아 생전에 우애를 나누던 문우와 후학과 친지들의 손에 받들려 한 덩이 돌을 세웠으니 그가 거닐던 대구의 땅이 앞산마루에 시심은 솔바람과 더불어 타올라 영원토록 꺼질 날이 없을 것이다

1972년 1월 6일
글 정완영 글씨 한정달

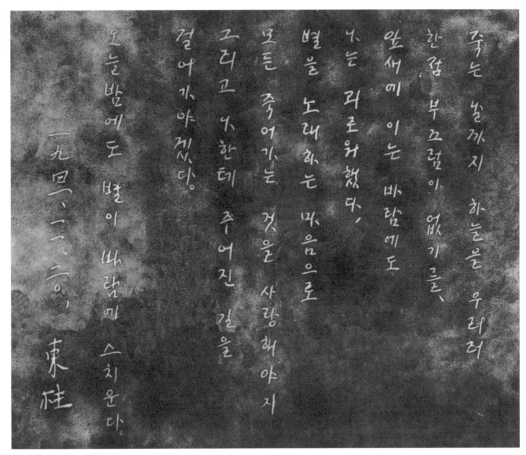

尹東柱 詩碑

죽는 날까지 하늘을 우러러
한 점 부끄럼이 없기를,
잎새에 이는 바람에도
나는 괴로워했다.
별을 노래하는 마음으로
모든 죽어가는 것을 사랑해야지
그리고 나한테 주어진 길을
걸어가야겠다.

오늘밤에도 별이 바람에 스치운다.

一九四一、一一、二〇、東柱

윤동주 尹東柱 詩碑

소재 서울특별시 서대문구 연세대학교
연시 1968년 11월 3일

■ 碑 陽

죽는 날까지 하늘을 우러러

한점 부끄럼이 없기를

잎새에 이는 바람에도

나는 괴로워했다

별을 노래하는 마음으로

모든 죽어가는 것을 사랑해야지

그리고 나한테 주어진 길을

걸어가야겠다

오늘 밤에도 별이 바람에 스치운다

一九四一. 一一. 二〇 東柱

■ 碑 陰

윤동주는민족의수난기였던1917년독립운동의거점북간도명동에태어나그곳에서자랐고

1938년봄이연희동산을찾아1941년에문과를마쳤다그는다시일본으로건너가학업을계속하

며항일독립운동을펼치던중1945년2월16일일본후꾸오까형무소에서모진형벌로목숨을잃으니그나이29세였다그가이동산을거닐며지은구슬같은시들은암흑기민족문학의마지막등불로서겨레의가슴을울리니그메아리하늘과바람과별과더불어길이그치지않는다여기그를따르고아끼는학생친지동문동학들이정성을모아그의체온이깃들인이언덕에그의시한수를새겨이시비를세운다

1968년 11월 3일
연세대학교총학생회

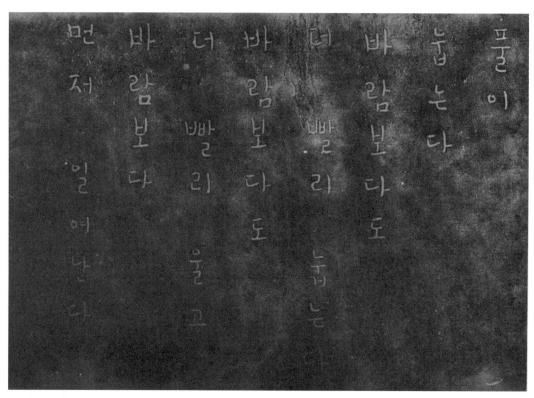

金洙暎 詩碑

김수영 金洙暎 詩碑

소재 서울특별시 도봉구 도봉산공원
연시 1969년 6월 15일

■ 碑 陽

풀이
눕는다
바람보다도
더 빨리 눕는다
더 빨리 울고
바람보다
먼저 일어난다

— 金洙暎 「풀」 중에서

■ 碑 陰

建立者의 말

一九二一年 十一月 二十七日에 출생하여 一九六八年 六月 十六日에 사망한 詩人 金洙暎 씨의 문학적 업적을 영원히 기념하기 위하여 現代文學社 주관으로 전체문인들의 힘을 모아 이 시비를 세운다 고인의 이름이 고인의 작품과 함께 우리 민족의 가슴에 영원하기를 빈다

一九六九年 六月 十五日
金洙暎詩碑建立委員會
題字 裵吉基
碑文 故人의 肉筆

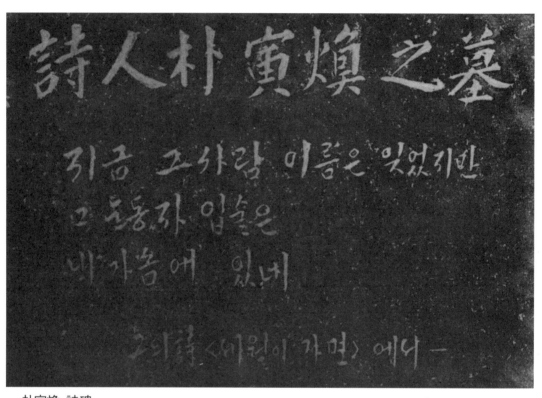

朴寅煥 詩碑

박인환 朴寅煥 詩碑

소재 서울특별시 중랑구 망우리묘지
연시 1956년 9월 19일

■ 碑 陽

詩人朴寅煥之墓

지금 그 사람 이름은 잊었지만
그 눈동자 입술은
내 가슴에 있네

— 그의 詩 「세월이 가면」에서

■ 碑 陰

詩人朴寅煥은一九二六年八月十五日江原道麟蹄에서났으며一九五六年三月二十日三十一
歲를一期로不幸한詩人의一生을마쳤다遺族은夫人李丁淑女史와子女三男妹로世馨世崑世華
가있다여기親友들의뜻으로短碑를세워그를기리追念한다그는選詩集한권을남겨놓았다

一九五六年 九月 十九日 秋夕날

보리피리 불며
봄 언덕
故鄕事 그리워
피―ㄹ 닐니리

보리피리 불며
人寰의 거리
人間事 그리워
피―ㄹ 닐니리

보리피리 불며
꽃 靑山
어린때 그리워
피―ㄹ 닐니리

보리피리 불며
放浪의 幾山河
눈물의 언덕을 지나
피―ㄹ 닐니리

韓何雲 詩碑

한하운 韓何雲 詩碑

소재 경기도 김포시 김포읍 장릉묘원
연시 1975년 5월

■ 碑 陽

詩人韓何雲泰永之墓

■ 碑 陰

　　보리피리 불며
　　봄언덕
　　故鄕事 그리워
　　피—르 닐니리

　　보리피리 불며
　　꽃 靑山
　　어릴 때 그리워
　　피—르 닐니리

　　보리피리 불며
　　人寰의 거리
　　人間事 그리워

피—르 닐니리

보리피리 불며
放浪의 幾山河
눈물의 언덕을 지나
피—르 닐니리

獨 囚

無限을 겨누어

날아나는 黑暗

고요는

深海魚로 化하고

怒한 숨길

한평 두흡

생무넘을 다리고

딩글어

아 야윘어라

삼경을 넘는

五촉등

孤燈

朴智帥 詩碑

박지수 朴智帥 詩碑

소재 서울특별시 도봉구 창동
연시 1975년 3월 8일

■ 碑 陽

曉空朴智帥詩碑

■ 碑 陰

獨 囚

無限을 겨누어
달아나는 黑暗

고요는
深海魚로 化하고

怒한 숨길
한 평 두 홉
생무덤을 다리고

딩글어

아 야웠어라
삼경을 넘는
五 촉등
孤燈

■ 右側碑面

一九二四年 九月 十五日生
一九七三年 三月　八日卒

■ 左側碑面

앞面 글씨는 尹吉重이 쓰고
뒷面 글씨는 朴秉圭가 쓰다

그 언덕에

그리운 그의 얼굴
다시 찾을 수 없어도
화사한 그의 꽃
산에 언덕에 피어 날지어이

그리운 그의 노래
다시 들을 수 없어도
맑은 그 숨결
들에 숲속에 살아 날지어이

그리운 그의 모습
다시 찾을 수 없어도
울고 간 그의 영혼
들에 언덕에 피어 날지어이

申東曄 詩碑

신동엽 申東曄 詩碑

소재 충청남도 부여군 부여읍 나성지
연시 1970년 4월 7일

■ 碑 陽

山에 언덕에

그리운 그의 얼굴
다시 찾을 수 없어도
화사한 그의 꽃
산에 언덕에 피어 날지어이

그리운 그의 노래
다시 들을 수 없어도
맑은 그 숨결
들에 숲 속에 살아 갈지어이

그리운 그의 모습
다시 찾을 수 없어도
울고 간 그의 영혼
들에 언덕에 피어 날지어이

■ 碑 陰

　　우리강토와겨레의쓰라린역사와욕된현실속에서민족의비원을노래한시인신동엽은一九三
〇년八월一八일부여고을동남마을에서태어났다그는전주사범과서울단국대학에서수학하고
충남주산농고와서울명성여고등에서교편을잡으면서일생을시작에전념하였다一九五九년
장시 「이야기하는쟁기꾼의대지」로 조선일보신춘문예에입선한그는시집「아사녀」와 서사
시「금강」을비롯해수많은역작을발표함으로써우리시단의주목과기대를한몸에받았으나신
병으로인하여一九六九年四월七일서른아홉의푸른나이로이승을떠나고말았다그의시와인간
을사랑하던문단동문동향의친지와그의훈도를받던제자들이일주기에추모의정을금할바없어
돌하나를다듬어그의시한편을새겨그가나서자란이백마강기슭에세우다

一九七〇년 四월 七일

■ 左側碑面

글씨 朴秉圭
설계 鄭健謨
조각 崔鐘龜

반 달

노래말과곡 윤 극 영

푸른 하늘 은하수 하얀 쪽배엔
계수나무 한 나무 토끼 한 마리
돛대도 아니 달고 삿대도 없이
가기도 잘도 간다 서쪽 나라로

은하수를 건너서 구름 나라로
구름 나라 지나선 어디로 가나.
멀리서 반짝반짝 비치는 건
샛별 등대란다 길을 찾아라.

尹克榮 詩碑

윤극영 尹克榮 童謠碑

소재 서울특별시 창경궁
연시 1968년 11월 22일

■ 碑 陽

노래비

반 달

노래말과 곡 윤극영

푸른 하늘 은하수 하얀 쪽배엔
계수나무 한 나무 토끼 한 마리
돛대도 아니 달고 삿대도 없이
가기도 잘도 간다 서쪽 나라로

은하수를 건너서 구름 나라로
구름 나라 지나선 어디로 가나
멀리서 반짝반짝 비치는 건
샛별 등대란다 길을 찾아라

■ 碑 陰

동요의 고향에 노래비 세우기는 소년시에서 비롯한 우리나라 신시 예순돌인 1968년에 충주 경주 마산 울산 수원 그리고 서울 두 곳에 그 고장의 어린이와 어른들의 정성으로 이루어졌는데 차디찬 돌에서 따뜻한 정이 솟는 즐거운 비로 어린이에게 바치는 사랑의 선물입니다

1968년 11월 22일
새싹회장 윤석중

■ 도와주신 분

소년동아일보 소년조선일보 소년한국일보 가톨릭소년 새벗 새소년 소년중앙 어깨동무 계몽사 교학사 동아출판사 문원사 배영사 삼성출판사 삼화출판사 신태양사 여원사 을유문화사 정음사 창조사 학원사 휘문출판사

난파기념사업회 대한가족계획협회 동성회 새싹돕는회 새서울로터리돕는회 양지회 어린이국제여름마을한국협회 여름방송인클럽 청소년적십자 한국예술문화단체총연합회

계창업 김봉기 김영희 김인자 김종낙 김천 김팔봉 민병도 박일영 서귀숙 원흥균 엄대섭 유기흥 유상근 유석진 유희춘 윤경섭 윤태림 이강염 이대형 이숙종 이종진 임철순 장기영 정홍교 조재호 최천응 한인현 홍진기 황은순

후원 : 문화재관리국
(조각 백문기)
망우리 금성공장 성명호

봄 편 지

서덕출

연못 가에 새로 핀
버들잎을 따서요
우표 한 장 붙여서
강남으로 보내면
작년에 간 제비가
푸른 편지 보고요
따한 봄이 그리워
다시 찾아 옵니다

徐德出 童謠碑

서덕출 徐德出 童謠碑

소재 울산광역시 학성공원
연시 1968년 10월 3일

■ 碑 陽

봄 편 지

서덕출

연못 가에 새로 핀
버들잎을 따서요
우표 한장 붙여서
강남으로 보내면
작년에 간 제비가
푸른 편지 보고요
대한 봄이 그리워
다시 찾아 옵니다

■ 臺 石

노래비

울산이 낳은 동요 작가 서덕출(1906~1940)님의 대표작 〈봄편지〉는 우리나라가 일제의 시달림을 받았을 때 우리 겨레로 하여금 용기와 희망을 잃지않게 해주었읍니다 이제 신시 60돌을 기념하여 이후락님을 비롯한 뜻 있는 분들의 정성으로 그 작품을 새긴 노래비를 여기 세워 슬기롭게 자라나는 어린이들에게 선사하는 바입니다

(후원 새싹회 · 제작 백문기)
울산문화원 노래비 건립위원회

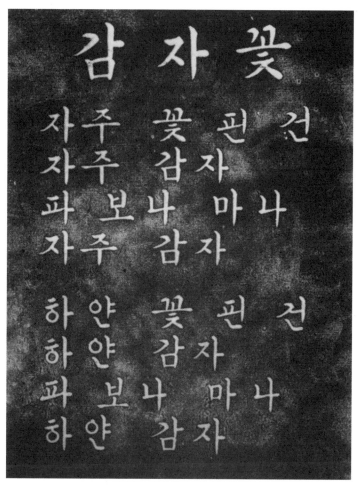

權泰應 童謠碑

권태응 權泰應 童謠碑

소재 충청북도 충주시 탄금대
연시 1968년 5월 25일

■ 碑 陽

노래비

감 자 꽃

자주 꽃 핀 건
자주 감자
파 보나 마나
자주 감자

하얀 꽃 핀 건
하얀 감자
파 보나 마나
하얀 감자

■ 碑 陰

고 권태응 선생의 약력

1918. 4. 20 충주시 칠금동 태생

1932. 3. 25 충주공립보통학교 졸업

1937. 3. 4 경성제일공립고등보통학교 졸업(현 경기고등학교)

1937. 4. 1 일본 조도전대학 유학

1938. 재일 유학생써클 조직 및 항일 투쟁

1939. 5 일본 관헌에 의해 투옥

1940. 6 이 병으로 보석 중 장사하면서 요양

1951. 3. 28 충주시 칠금동에서 작고

노래비 충주건립위원회

위원장 이해곤

위 원 김증한 이우영 정범구

김영호 권태성 나상정

임병구 이산학 이병제

김동선 주영덕

조 각 백문기

후 원 새싹회

이 시비의 건립 당시의 동판 글씨판은 어느 이해 없는 이의 소행으로 잃어졌던 것을 충수
회 및 시내 초·중 고등학교의 재정상 지원에 힘입어 예총 충주지부의 주관으로 이전의 모
습을 애석(돌) 글씨판으로 바꾸어 되찾게 되었음을 첨가 기록함

1974년 5월

노래비

새나라의 어린이

윤석중 지음

새나라의 어린이는
일찍 일어납니다.
잠꾸러기 없는 나라
우리 나라 좋은 나라

새나라의 어린이는
서로서로 돕습니다.
욕심장이 없는 나라
우리 나라 좋은 나라

새나라의 어린이는
거짓말을 안 합니다.
서로 믿고 사는 나라
우리 나라 좋은 나라

새나라의 어린이는
쌈을 하지 않습니다.
정답게들 사는 나라
우리 나라 좋은 나라

새나라의 어린이는
몸이 튼튼합니다.
무럭무럭 크는 나라
우리 나라 좋은 나라

尹石重 童謠碑

윤석중 尹石重 童謠碑

소재 서울특별시 덕수궁
연시 1968년 11월 22일

■ 碑 陽

노래비

새나라의 어린이

새나라의 어린이는
일찍 일어납니다
잠꾸러기 없는 나라
우리 나라 좋은 나라

새나라의 어린이는
서로서로 돕습니다
욕심장이 없는 나라
우리 나라 좋은 나라

새나라의 어린이는
거짓말을 안합니다

서로 믿고 사는 나라
우리 나라 좋은 나라

새나라의 어린이는
쌈을 하지 않습니다
정답게들 사는 나라
우리 나라 좋은 나라

새나라의 어린이는
몸이 튼튼합니다
무럭무럭 크는 나라
우리 나라 좋은 나라

8ㆍ15해방과 더불어 퍼진 이 동요를 어린이와 대한 금융단 아빠들의 도움으로 신시 예순 돌인 1968년 가을에 여기 노래비를 해 세움(제작 백문기)

새싹회엄마들
망우리 금성석공장 성명호

고향의 봄

이원수

나의 살던 고향은 꽃 피는 산골
복숭아꽃 살구꽃 아기진달래
울긋불긋 꽃 대궐 차린 동네
그 속에서 놀던 때가 그립습니다.

꽃 동네 새 동네 나의 옛 고향
파란 들 남쪽에서 바람이 불면
냇가의 수양버들 춤추는 동네
그 속에서 놀던 때가 그립습니다.

李元壽 童謠碑

이원수 李元壽 童謠碑

소재 경상남도 창원시 마산합포구 산호공원
연시 1968년 9월 28일

■ 碑 陽

노래비

고향의 봄

이원수

나의 살던 고향은 꽃 피는 산골
복숭아꽃 살구꽃 아기진달래
울긋불긋 꽃 대궐 차린 동네
그 속에서 놀던 때가 그립습니다

꽃 동네 새 동네 나의 옛 고향
파란 들 남쪽에서 바람이 불면
냇가의 수양버들 춤추는 동네
그 속에서 놀던 때가 그립습니다

■ 碑 陰

이원수 동요 〈고향의 봄〉(홍난파 곡)은 우리 겨레로 하여금 마음의 고향을 저마다 고이 간직하고 살아오게 해 주었다

이제 소년시에서 비롯한 신시 60돌을 맞이하여 온 시민의 정성을 모아 이 고장 어린이에게 밝고 바르고 슬기롭게 피어나는 동심을 심어 주고 이 동요의 동심을 길이 길이 푸르게 가꾸어나고자 그 노래말을 새긴 노래비를 여기 세운다

노 래 비

얼룩 송아지

박 목 월

송아지 송아지 얼룩 송아지
엄마 소도 얼룩 소,
엄마 닮았네.

송아지 송아지 얼룩 송아지
두 귀가 얼룩 귀,
귀가 닮았네

朴木月 童謠碑

박목월 朴木月 童謠碑

소재 경상북도 경주시 황성공원
연시 1968년 5월 30일

■ 碑 陽

노래비

얼룩 송아지

박목월

송아지 송아지 얼룩 송아지
엄마 소도 얼룩소
엄마 닮았네

송아지 송아지 얼룩 송아지
두 귀가 얼룩 귀
귀가 닮았네

■ 碑 陰

이 겨레 온 어린이들이 즐겨 부르는 노래를 새긴 이 비는 신시 60돌을 기념하는 뜻에서
새싹회 후원으로 이 고장 어린이들과 뜻있는 어른들의 정성으로 시인의 고장에 세우다

1968년 어린이날
박목월 노래비 건립 위원회

井邑詞 古典詩碑

정읍사 井邑詞 古典詩碑

소재 전라북도 정읍시 내장산
연도 1976년 12월

■ 碑 陽

정읍사 井邑詞

들하 노피곰 도ㄷ샤
어긔야 머리곰 비취오시라
어긔야 어강됴리
아으 다롱디리
져재 녀러신고요
어긔야 즌ㄷ1를 드ㄷ1욜셰라
어긔야 어강됴리
어느이다 노코시라
어긔야 내 가논ㄷ1 졈그롤셰라
어긔야 어강됴리
아으 다롱디리

■ 碑 陰

여기 우리나라 전래의 아름다운 마음을 가진 여인상이 있으니 장사 나간 남편이 오래 돌아오지 않으므로 산 위 바위에 올라 남편이 돌아오길 기다리며 달아 밝게 비취어다오 우리 님 진흙탕에 빠지지 않도록 하는 시를 읊으면서 빨리 오길 애절한 마음으로 기다리는 백제 여인의 한 전설을 길이 후세에 전하기 위하여 이에 시비와 망부석을 건립한다

서기 1976년 12월
정읍군수 김동철

까마귀 싸우는 곳에 白鷺야 가지마라
성낸 까마귀 흰 빛을 새오나니
滄波에 좋이 씻은 몸을 더럽힐까 하노라

이몸이 죽어 죽어 一百番 고쳐 죽어
白骨이 塵土 되어 넋이라도 있고 없고
님 향한 一片丹心이야 가실 줄이 있으랴

鄭夢周 古典詩碑

정몽주 鄭夢周 古典詩碑

소재 서울특별시 종로구 삼청공원
연시 1974년 6월 9일

■ 碑 陽

까마귀 싸우는 곳에 白鷺야 가지마라
성낸 까마귀 흰 빛을 새오나니
滄波에 좋이 씻은 몸을 더럽힐까 하노라

이몸이 죽어 죽어 一百番 고쳐 죽어
白骨이 塵土 되어 넋이라도 있고 없고
님 향한 一片丹心이야 가실 줄이 있으랴

■ 碑 陰

創刊20周年紀念으로
1974年 6月 9日
한국일보社 세움
金貞淑 만듦
金忠顯 씀

李塏

방 안에 혓는 燭(촉)불 눌와 離別(이별) 하엿관듸
것츠로 눈믈 디고 속 타는 줄 모르는고
뎌 燭(촉)불 날과 갓트여 속 타는 줄 모로더라

朴彭年

가마괴 눈비 마자 희는 듯 검노라
夜光 明月(야광 명월)이 밤인들 어두우랴
님 向(향)한 一片丹心(일편단심)이야 가실 줄이 이시랴

成三問

이 몸이 주거 가셔 무어시 될꼬 하니
ㄴ ㅎ니 蓬萊山 第一峯(봉래산 제일봉)에 落落(낙락)
長松(장송) 되야 이셔 白雪(백설)이 滿乾(만건)
坤(곤)할 제 獨也靑靑(독야청청) 하리라

死六臣 古典詩碑

柳誠源

河緯地

俞應孚

사육신 死六臣 古典詩碑

소재 서울특별시 영등포구 노량진
연시 1955년 10월

■ 碑 陽

死六臣之墓

성삼문 · 박팽년 · 류성원 · 리개 · 하위지는 집현전 학사로 유응부와 더부러 세종대왕의 높은 신망과 깊은 은총에 감명하며 장손 단종을 보익하라는 간곡하신 고명을 무릅 후 세종 문종의 뒤를 이어 단종이 등극하시매 나이 아직 어리신지라 정성으로 임금을 도웁고 섬기는 중 단종의 숙부 수양대군이 뜻을 달리하여 정승 황보인 김종서 정분을 죽이고 단종을 밀어내니 때는 단기 삼천칠백십팔년 윤유월 세조가 왕위에 오르매 사륙신 의분을 참지 못하여 단종의 복위를 도모하다가 지독한 형벌과 무참한 죽엄을 당하여 버린 듯이 여기 누어 그 충성과 절개 천추만세에 으뜸 되리니 이에 사륙신을 추모하는 삼천만 동포의 마음 여기 모여 서울특별시 시민과 역대 시장이 뜻한 바를 김태선 시장이 이루어 지성으로 이 비가 서다

김광섭 짓고
김충현 쓰다

成三問

이모미주거가셔므서시ᄃ윌
고ᄒ니蓬萊山第一峰애落落
長松ᄃ외앗다가白雪이滿乾

坤흘제獨也靑靑ᄒ리라

朴彭年

가마괴눈비마자히ᄂ듯검노
매라夜光明月이ᄼ바민들어
드보랴님向ᄒ一片丹心이ᄼ
가실주리이시랴

李 塏

窓안해ᄒᆡᆺᄂ燭블눌와離別ᄒ
얏관딕겨트로눈믈디고속ᄐ
ᄂ줄모르ᄂ고뎌燭블날와근
ᄒ야속ᄐᄂ줄모르더라

俞應孚

將軍持節鎭戒邊沙塞塵晴
士卒眠駿馬五千嘶柳下豪
鷹三百坐樓前

河緯地

男兒得失古措今頭上分
明白日臨持贈蓑衣應有
意五湖烟雨好相尋

柳誠源

白山拱海摩天嶺黑水橫坤豆

滿江此地李侯飛騎處剩看湖
盧自來降

檀紀 4287年 10月　日
孫在醫 篆並書
서울特別市 建立

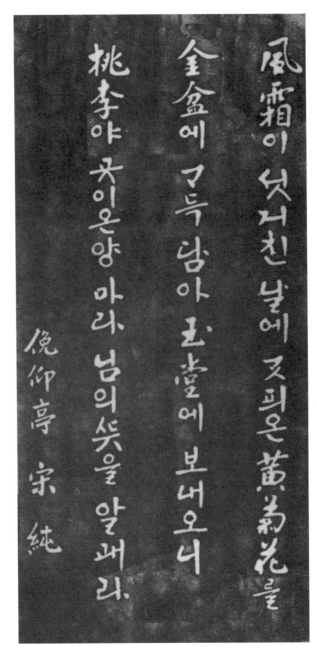

風霜이 섯거친 날에 굿피온 黃菊花를
金盆에 ᄀᆞ득 담아 玉堂에 보내오니
桃李야 곳이온양 마라 님의 뜻을 알괘라.

俛仰亭 宋純

宋純 古典詩碑

송순 宋純 古典詩碑

소재 광주광역시 사직공원
연시 1974년 10월 15일

■ 碑 陽

風霜 섯거친 날에 ᄀ픤온 黃菊花를

金盆에 ᄀ득 담아 玉堂에 보내오니

桃李야 곳이온양 마라 님의 뜻을 알괘라

■ 碑 陰

宋純은 一四九三年 潭陽에서 出生 字는 守初 號는 俛仰亭 中宗 明宗 때의 學者로 明宗 때 右參贊을 지내고 潭陽 霽月峰아래에 石林 精舍와 俛仰亭을 짓고 詩作으로 餘生을 보냈으며 著書에 「企村集」 作品集으로는 俛仰亭歌等이 있다 一五八三年 九一세로 卒하였다

鄕土文化傳承開發委員會撰

雲谷 朴重來 書

一九七四年 十月 十五日

光州市에서 建立

鄭澈 古典詩碑

정철 鄭澈 古典詩碑

소재 전라남도 담양군 창평면
연시 1970년 1월

■ 碑 陽

星山別曲

엇던디날손이星山의머믈며셔棲霞堂息影亭主人아내말듯소人生世間의됴흔일하건마는엇디흔江山을가디록나이녀겨寂寞山中의들고아니나시는고松根을다시쓸고竹床의자리보아져근덧올라안자엇던고다시보니天邊의썬는구름瑞石을집을사마나는듯드는양이主人과엇더흔고滄溪흰물결이亭子알픠둘러시니天孫雲錦을뉘라셔버혀내여는듯닛펴티는듯헌스토헌스할샤山中의册曆업서四時를모르더니눈아래헤틴景이쳘쳘이절로나니듯거니보거니일마다仙間이라梅窓아빗적해香氣예좀을씨니山翁의히올일이곳업도아니ㅎ다울밋陽地편의외씨를쎄허두고믹거니도도거니빗김의달화내니靑門故事를이제도잇다홀다芒鞋를뵈야신고竹杖을훗더디니桃花픤시내길히芳草洲의니어셰라닷봇근明鏡中절로그린石屛風그림재를버들사마西河로홈쯰가니桃源은어드매오武陵이여긔로다南風이건듯부러綠陰을헤텨내니節아는괴꼬린는어드매셔오돗던고義皇벼개우히풋좀을얼픗씨니空中저즌欄干믈우히써잇고야麻衣를니믜츠고葛巾을기우쓰고구브락비가락보는거시고기로다ㅎ르밤비쯰운의紅白蓮이섯거픠니브람쯰업서셔萬山이향긔로다濂溪를마조보아太極을뭇줍는듯太乙眞人이玉字를헤혓는듯鸕鶿巖건너보며紫微灘겨퇴두고長松을遮日사마石逕의안자ㅎ니人間六月이여긔는三秋로다淸江젓는올히白沙의올마안자白鷗를벗을삼고좀길줄모르느니無心코閑暇ㅎ미主人과엇더ㅎ니梧桐서리들이四更의도다오니千巖萬壑이나진들그러홀가湖洲水晶宮을뉘라셔옴겨온고銀河룰쮜여 건너廣寒殿의올랏 는듯쫙마준늘근솔란釣臺예셰여두고그아래ㅂ롤씍워갈대로더뎌두니紅 蓼花白蘋洲어느亽이디나관듸環碧堂龍의소히빗머리예다하셰라淸江綠草邊의쇼머기는아히 들이夕陽의어위계워短笛을빗기부니믈아래줌긴龍이줌씍야니러날둣늬씩예나온鶴이제기슬 더뎌두고半空의소소쓸둣蘇仙赤壁은秋七月이됴타호듸八月十五夜룰모다엇디과ᄒᆞ는고纖雲 이四捲ᄒᆞ고믈결이채잔적의하늘의도둔들이솔우희걸려거든잡다가쌔딘줄이謫仙이헌亽홀샤 空山의싸힌닙흘朔風이거두부러쎄구름거느리고눈조차모라오니天公이호亽로와玉으로고즐 지어萬樹千林을꾸며곰낼셰이고압여흘ᄀᆞ리어러獨木橋빗겨는듸막대멘늘근즁어늬뎔로간닷 말고山翁의이富貴룰눔ᄃᆞ려헌亽마오瓊瑤屈隱世界룰ᄎᆞᄌᆞ리이실셰라山中의벗이업셔漢紀룰 싸하두고萬古人物을거스리혜여ᄒᆞ니聖賢은만커니와豪傑도하도할샤하늘삼기실제곳無心홀 가마는엇디혼時運이일락배락ᄒᆞ얏는고모룰일도하거니와애들옴도그지업다箕山의늘근고불 귀는엇디싯돗던고박소릐핀계ᄒᆞ고조장이ᄀᆞ장놉다人心이 눗ᄀᆞᆺ튀야보도록새롭거늘世事는 구룸이라머흐도머흘시고엇그제비준술이어도록니건ᄂᆞ니잡거니밀거니슬ᄏᆞ장거후로니ᄆᆞ음 의ᄆᆞ친시룸져그나ᄒᆞ리ᄂᆞ다거믄고시욹언저風入松이야고야손인동主人인인동다니져ㅂ려 셔라長空의썻는鶴이이골의眞仙이라瑤臺月下의힝혀아니만나신가손이셔主人ᄃᆞ러닐오듸그 듸권가ᄒᆞ노라

■ 碑 陰

송강 약력

공의 휘는 철澈이요 자는 계함季涵 송강松江은 그의 호다
영일 정鄭씨로 중종 삼십 일년 윤 십이월 육일 서울에서 돈령부 판관 유침惟沈의 넷째 아들로 탄생하였다

십육세(명종육년)때 공은 을사 사화로 유찬되었던 부친이 방면되어 창평으로 내려올 때 같이 따라와 당진산唐晋山 밑에 우거하게 되었으니 이는 공의 조부 위의 묘소가 여기 있었던 연고에서였다 이후 김인후 기대승에게 배우고 성산의 식영정息影亭 주위를 소요하면서 산수 군학을 벗삼아 십일년간을 여기서 살았다

이십 칠세 때 문과 별과에 장원하여 사헌부 지평이 되고 이어 이이와 호당에 뽑혔다

사십 오세(선조 십삼년)때 강원도 관찰사가 되어 이때 관동별곡關東別曲 일편과 훈민가 訓民歌 십 육장을 지었다

이후 예조 형조 판서 대사헌에 올랐으나 공 오십세 때 조신의 자훼로 스스로 물러나 창평에 은거하고 천석 군학으로 짝을 삼아 독서 탄금으로 소일하면서 시상을 가다듬어 성산별곡星山別曲 사미인곡思美人曲 속미인곡續美人曲 등을 지었다

오십 사세 때 우의정이 되고 이듬해 좌의정에 올라 인성부원군이 되었다

오십 칠세 때 임진왜란이 일어나자 강계에 정배되었던 공은 소환되어 체찰사가 되고 강화에 머무르다가 이듬해 봉명사로 복명하고 진충 갈력하다가 선조 이십 육년 십 이월 십 팔일 강화 우사에서 병을 얻어 기세하니 향년 오십 팔이었다

공의 일생을 계미 양사의 소에 내린 선조 비답에 보이듯이 충·직·청·백으로 일관한 생애였고 자연을 즐겨 접물 발시하는 풍류적 정감의 위인이었다

숙종 십년에 문청文淸이라 시하였다

공의 유저로는 송강문집과 가사집 등이 전하고 악보의 절조요 동방의 이소離騷라는 찬사를 받았던 공의 가사의 장진주사將進酒辭 등 시조 팔십여수는 국문학상 뛰어난 걸작으로 길이 빛날 것이다

閑山셤 둘 붉은 밤의 戍樓에 혼자 안자

큰 칼 녀픠 추고 기픈 시름 ᄒᆞᄂᆞᆫ 적의

어디셔 一聲胡笳는 놈의 애를 긋ᄂᆞ니

忠武公 李舜臣

李舜臣 古典詩碑

이순신 李舜臣 古典詩碑

소재 광주광역시 사직공원
연시 1974년 10월 15일

■ 碑 面

閑山셤 들 볼근 밤의 戍樓에 혼자 안자
큰 칼 녀피 츠고 기픈 시름 ᄒᆞᄂᆞᆫ 적의
어듸셔 一聲胡笳ᄂᆞᆫ ᄂᆞᆷ의 애를 긋ᄂᆞᆫ니

■ 碑 陰

　李舜臣將軍은 一五四五年 서울에서 出生 호는 淸江으로 宣祖때 武科에 올라 壬辰倭亂때 水軍統制使가 되어 십여차례의 大海戰에서 倭賊을 격파 나라를 구한 聖雄이시다
　一五九八年 노량海戰에서 순절하였으며 시호는 忠武요 亂中日記와 시조 한수가 전해지고 있다

鄕土文化傳承啓發委員會撰
毅齊 許百鍊書
一九七四年 十月 十五日
光州市에서 建立

青草 우거진 골에 자는다 누엇는다
紅顔을 어듸 두고 白骨만 뭇쳣는이
盞 자바 勸ᄒ리 업스니 글를 슬허 ᄒ노라

白湖 林悌

林悌 古典詩碑

임제 林悌 古典詩碑

소재 광주광역시 사직공원
연시 1974년 10월 15일

■ 碑 面

靑草 우거진 골에 자는다 누엇는다

紅顔을 어듸두고 白骨만 무첫는이

盞 자바 勸ㅎ리 업스니 그를 슬허ㅎ노라

■ 碑 陰

林悌는 一五四九年에 出生 本貫은 羅州요 字는 子順 號는 白湖 楓江이요 宣祖때 大科에
뽑혓으나 辭任하고 名山을 周遊하며 詩文生活에 專念하였다 著書에 谷史 愁城誌 願生夢遊
錄等이 있으며 一五八七年 夭折하였다

鄕土文化傳承啓發委員會撰

一九七四年 十月 十五日

松谷 安圭東 書

光州市에서 建立

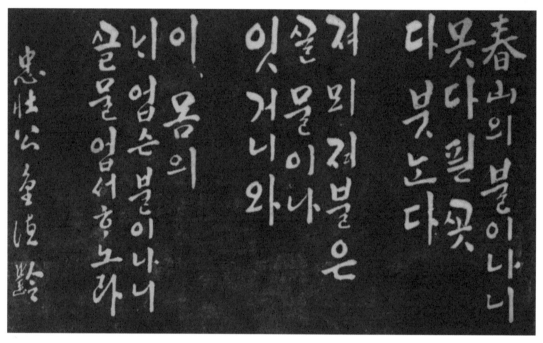

春山의 불이나니
믓다 피 꼿
다 붓노다

져 뫼 져 불은
끌 물이나
잇거니와

이 몸의
니 업손 불이나니
끌 물 업서 ᄒ노라

忠壯公 金德齡

金德齡　古典詩碑

김덕령 金德齡 古典詩碑

소재 광주광역시 사직공원
연시 1974년 10월 15일

■ 碑 陽

春山이 불이나니
못다 핀곳
다 붓는다

져 뫼 져 불은
쓸 물이나
잇거니와

이 몸의
닉 업슨 불이나니
쓸 물 업서ㅎ노라

■ 碑 陰

忠壯公金德齡將軍은一五六七年無等山下忠孝里에서誕生字는景登요壬亂때兄德弘과함께 起兵하여많은戰功을세웠으나黨人의謀陷으로一五九六年二九歲로夭折했으며英祖때兵曹判 書및左贊成의贈職과忠壯의諡號를받았다

鄕土文化傳承啓發委員會
南龍金容九書
一九七四年 十月 十五日
光州市에서 建立

空山이 寂寞ᄒᆞᄃᆡ
슬피 우는 져 杜鵑아
蜀國興亡이
어제 오늘 아니어늘
至今히
피나게 우러
넘의 애를 긋나니

錦南君 鄭忠信

鄭忠信 古典詩碑

정충신 鄭忠信 古典詩碑

소재 광주광역시 사직공원
연시 1974년 10월 15일

■ 碑 陽

空山이 寂寞흔듸
슬피 우는 져 杜鵑아
蜀國興亡이
어제 오늘 아니어늘
至今히
피 나게 우러
눔의 애룰 긋나니

■ 碑 陰

鄭忠信은 一五七六年 光州에서 出生하였으며 號는 晩雲 字는 可行 一七세 때 임진왜란이 일어나자 權慄將軍의 휘하에서 공을 세웠고 인조 때 李适의 亂을 평정하여 錦南君에 封했으며 一六三六年에 六九세로 卒하였다

저서로는 晩雲集 錦南集 等이 있다

鄕土文化傳統開發委員會撰

綾城 具哲祐 書

一九七四年 十月 十五日

光州市에서 建立

尹善道 古典詩碑

윤선도 尹善道 古典詩碑

소재 광주광역시 사직공원
연시 1974년 10월 15일

■ 碑 陽

五 友 歌

내 버디 몃치나 ᄒ니 水石과 松竹이라
東山의 ᄃᆞᆯ 오르니 긔 더욱 반갑고야
두어라 이 다ᄉᆞᆺ 밧긔 또 더ᄒᆞ야 머엇ᄒ리

구름 빗치 조타ᄒ나 검기를 ᄌᆞ로 ᄒ다
ᄇᆞ람 소ᄅᆡ 묽다ᄒ나 그칠적이 하노매라
조코도 그츨 뉘 업기ᄂᆞᆫ 믈뿐인가 ᄒ노라(水)

고ᄌᆞᆫ 므스일로 퓌며서 쉬이디고
들은 어이ᄒᆞ야 프르ᄂᆞᆫ듯 누르ᄂᆞ니
아마도 변티 아닐ᄉᆞᆫ 바회뿐인가 ᄒ노라(石)

더우면 곳퓌고 치우면 닙디거ᄂᆞᆯ
솔아 너ᄂᆞᆫ 엇디 눈서리ᄅᆞᆯ 모르ᄂᆞᆫ다

九泉의 블희 고든줄을 글로ᄒ야 아노라(松)

나모도 아닌 거시 플도 아닌 거시

곳기ᄂ뉘시기며 속은 어이 뷔연ᄂ다

녀러코 四時에 프르니 그를 됴하 ᄒ노라(竹)

쟈근거시 노피 떳 萬物을 다 비취니

밤듕의 光明이 너만ᄒ니 또 잇ᄂ냐

보고도 말 아니ᄒ니 내 벋인가 ᄒ노라(月)

■ 碑 陰

尹善道는 一五八七年 海南에서 出生하였으며 字는 約而 號는 孤山이요 李朝때의 時調作家로 光海君 四年에 進士로 벼슬길에 올랐으나 謀陷에 걸려 오랜 流配生活을 하다 仁祖反正으로 풀려 鄕里에서 詩作活動을 했으며 特히 短歌의 表現의 妙는 極致를 이루었다

一六七一年에 卒하고 四年 뒤 吏曹判書의 贈職을 받았다

郷土文化傳承啓發委員會撰

晚谷 高延欽 書

一九七四年 十月 十五日

光州市에서 建立

梨花雨 흩날릴 제
울며 잡고 이별한 님
秋風 落葉에
저도 나를 생각는가
千里에 외로운 꿈만
오락가락 하노매

李梅窓 古典詩碑

이매창 李梅窓 古典詩碑

소재 전라남도 부안읍 봉덕리
연시 1974년 4월 27일

■ 碑 陽

梨花雨 흩날릴 제
울며 잡고 이별한 님

秋風 落葉에
저도 나를 생각는가

千里에 외로운 꿈만
오락가락 하노매

■ 碑 陰

　매창은 이 고장이 낳은 천생의 여류시인이다 그는 선조 六年 계유 一五七三년에 부안 현리 이양종의 딸로 태어났으며 三八세를 끝으로 불우한 생애를 마친 것이 광해二년 경술이었다 그는 계생桂生 또는 향금香今이라 하였고 자를 천향天香이라 하였으며 매창은 그의 아호이다

　당시의 제도적인 불합리한 인습과 가정적인 기구한 운명은 다정다감한 그로 하여금 인생 전부를 오직 거문고와 시에만 바치게 되어 여류시인으로서의 그의 천재적인 예술성을 발휘

시켰던 것이다

  매창이 간지 三六三년 지금 그 거문고는 들을 수 없고 묘는 부안읍 봉덕리 속칭 매창이
등에 있으며 시는 겨우 五十여수만 남아서 숱한 사람들의 심금을 울리고 있으니 애석할 뿐
이다

  이에 뒤 늦게나마 그의 고혼을 위로하고 시정을 기념하기 위하여 이 조촐한 비를 세우는
바이다

서기 一九七四年 四월 二七일
매창기념사업회장 김태수
김태웅 씀

■ **右側碑面**

白 雲 寺

步上白雲寺　僧莫白雲歸
寺在白雲間　心與白雲間

■ **右側碑面**

贈 醉 客

醉客執羅衫　來惜一羅衫
羅衫隨手裂　但恐恩情絕

찾아보기

이름	금석문	소재지	건립날짜	비고
崔南善	독립선언서	서울 강북구 우이동 소원	1959. 10. 10	글씨/김충헌
李光洙	춘원의 글	경기 남양주시 진접읍 봉선사	1976. 05. 29	행적기/주요한 글씨/김기승
吳相淳	방랑의 마음	서울 강북구 수유동 빨래골	1964. 06. 06	행적기/구상 글씨/김응현 설계/박고석
卜榮魯	생시에 못뵈올 임을	경기 부천시 오정구 고강	1968. 05	행적기/이희승 글씨/김충헌
李相和	나의 침실로	대구광역시 달성공원	1948. 08. 14	제첨글씨/오세창 시 글씨/이태희 행적기/김소운
金素月	산유화	서울 중구 남산공원	1968. 04. 13	설계/김정숙 글씨/김충헌
韓龍雲	춘주, 우리님	서울 종로구 파고다공원	1987. 10	행적기/운허 글씨 김충헌
李秉岐	시름	전북 전주시 다가공원	1969. 11. 19	조각/배형식 글씨/송성용
金永郎	모란이 피기까지	광주광역시 광주공원	1970. 12. 19	글씨 /서희환
朴龍喆	떠나가는 배	광주광역시 광주공원	1970. 12. 19	글씨/서희환
辛夕汀	네 눈망울에서는	전북 전주시 덕진공원	1976. 07. 06	글씨/송두현
柳致環	석굴암 대불의 일부	경주시 불국사	1968. 04. 15	
金裕貞	산골나그네	강원도 춘천시 의암댐	1968. 05. 29	
徐廷柱	선운사 동구에서	전북 고창군 선운사	1974. 05. 19	글/서정주 육필
金容浩	날개 – 1	서울 용산구 단국대학교	1975. 05. 14	글씨/박병규 설계/홍도순
盧天命	고별	경기 고양시 벽제	1957. 08. 20	
李陸史	광야	경북 안동시 안동댐	1968. 05. 15	행적기/조지훈 두전글씨/김충헌 본문글씨/배길기
金尙鎔	향수	서울 중랑구 망우리묘지	1956. 06. 24	
趙芝薰	파초우	서울 중구 남산공원	1971. 05. 17	행적기/김종길 글씨/김응현 구성/조광렬
金洙敦	우수의 황제	경남 창원시 산호공원	1973. 02. 21	
李鎬雨	개화	대구광역시 앞산공원	1972. 01. 06	행적기/정완영 글씨/한정달

이름	금석문	소재지	건립날짜	비고
金洙暎	풀	서울 도봉구 도봉산공원	1969. 06. 15	글/김수영 육필 제자/배길기
朴寅煥	세월이 가면	서울 중랑구 망우리묘지	1969. 09. 19	글씨/송지영
韓何雲	보리피리	경기 김포시 장릉묘지	1975. 05	글씨/김귀익
朴智帥	독수	서울 도봉구 창동	1975. 03. 08	비양글씨/윤길중 비음글씨/박병규
申東燁	산에 언덕에	충남 부여 나성지	1970. 04. 07	글씨/박병규 설계/정건모 조각/최석귀
尹克榮	반달	서울 종로구 창경궁	1968. 11. 22	
徐德出	봄편지	울산광역시 학성공원	1968. 10. 03	
權泰應	감자꽃	충북 청주시 탄금대	1968. 05. 25	
尹石重	새나라의 어린이	서울 중구 덕수궁	1968. 11. 22	
李元壽	고향의 봄	경남 창원시 산호공원	1968. 09. 28	
朴木月	송아지	경북 경주시 황성공원	1968. 05. 30	
井邑詞	정읍사	전북 정읍시 내장산	1976. 12	
鄭夢周	이몸이 죽어 죽어 외	서울 종로구 삼청공원	1971. 06. 09	
死六臣	이 모미 주거가서(외)	서울 영등포구 노량진	1955. 10	글씨/손재형
宋 純	풍상이 섯거친	광주광역시 사직공원	1974. 10. 15	글씨/박중래
鄭 澈	성산별곡	전남 담양군 창평	1970. 01	글씨/고정흠
李舜臣	한산섬돌불근밤의	광주광역시 사직공원	1974. 10. 15	글씨/허백연
林 悌	청초 우거진	광주광역시 사직공원	1974. 10. 15	글씨/안규동
金德齡	춘산의 불이나니	광주광역시 사직공원	1974. 10. 15	글씨/김용구
鄭忠信	공산이 막막한듸	광주광역시 사직공원	1974. 10. 15	글씨/구철우
尹善道	오우가	광주광역시 사직공원	1974. 10. 15	글씨/고정
李梅窓	이화우 흣날리제	전북 부안	1974. 04. 27	글씨/송지영/김태웅

함동선 咸東鮮

　　황해도 연백에서 태어나 서라벌예술대학 문예창작학과와 중앙대학교 영문학과를 졸업하고 경희대학교 대학원 국문학과에서 석사, 박사과정을 수료했다(문학박사).『현대문학』(서정주 선생 추천)으로 작품 활동을 시작하여 시집『인연설』『밤섬의 숲』『연백』외 다수,『한국문학비』(1집, 2집, 3집),『명시의 고향』등을 펴냈다. 제주대학교 국문학과, 서라벌예술대학 문예창작학과 교수를 거쳐, 중앙대학교 예술대학 문예창작학과 교수로 정년퇴임했다. 한국현대시인협회 회장, 한국문인협회 부이사장, 국제 펜클럽 한국본부 부회장을 역임했다. 한국현대시인상, 펜 문학상, 대한민국 문화예술상(문학부문) 대통령상, 서울시문화상(문학부문) 서울시장상, 청마문학상을 받았다. 현재 중앙대학교 예술대학 문예창작학과 명예교수, 사단법인 한국현대시인협회 평의원회 의장 권한대행으로 있다.

韓國文學硏 搨本集

초판 1쇄 인쇄 · 2019년 5월 5일
초판 1쇄 발행 · 2019년 5월 15일

엮은이 · 함동선
펴낸이 · 한봉숙
펴낸곳 · 푸른사상사

편집 · 지순이 | 교정 · 김수란 | 기획관리 · 김두천
등록 · 1999년 7월 8일 제2-2876호
주소 · 경기도 파주시 회동길 337-16 푸른사상사
대표전화 · 031) 955-9111(2) | 팩시밀리 · 031) 955-9114
이메일 · prun21c@hanmail.net / prunsasang@naver.com
홈페이지 · http://www.prun21c.com

ⓒ 함동선, 2019

ISBN 979-11-308-1431-5 03800

값 20,000원

이 도서의 국립중앙도서관 출판예정도서목록(CIP)은 서지정보유통지원시스템 홈
페이지(http://seoji.nl.go.kr)와 국가자료공동목록시스템(http://www.nl.go.kr/kolisnet)
에서 이용하실 수 있습니다. (CIP제어번호 : 2019017225)